求索

国潮篇 IV

元宇宙

CHINA
CHIC
METAVERSE

SEEKING

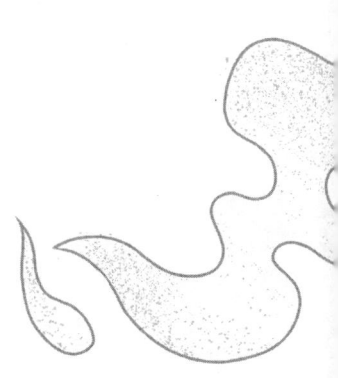

东心爱 著 卞和与玉

四川大学出版社
SICHUAN UNIVERSITY PRESS

壹

禾小玉从小读书不错,但她知道父亲根本没指望她上大学。不是不抱希望,而是父亲觉得这个时代,已经不需要那么多大学生了。

"每个人都有自己的位置,摆正心态,扎根这片土地,好好地做个农民。"这是父亲常嘟囔的话,听着是在教育她安分识趣,其实她知道,这是在给他那一代人的大撤退寻找借口。

父亲是Z世代,也是最后一批削尖了脑袋考大学的人,毕业的时候风华正茂,但撞上了经济危机。那几年,高速飞驰了几十年的马车一朝没入技术封锁的沼泽,原先被掩盖的泡沫如脓包般纷纷被挤破。沼泽里的一根棘刺,就足以让疾驰的马车戛然而止。

发展在哪里,需求是什么,未来怎么走,整个社会都很迷茫;那些刚毕业,什么都想做,却又什么都不会做的大学生就更迷茫了。他们没有职场老人的成熟世故,更没有教育结构调整后涌来的"后浪"们武装自己的一技之长。于是她父亲回了山村,娶了媳妇,一晃就十五年过去了。那一代大学生,后来被戏称为"泡桐世代"——如泡桐木般,看似成材,却不堪大用。

"不用所有人都做芯片,做CPU啊,这个世界总还需要有人做螺丝钉的。"父亲说。当时她正从二手商店抱回那台比她年纪还大、已经转了不知道多少次手的老台式机。

真是个保守的小老头!她这么评价父亲。

是啊，不过就是平常的经济周期的起伏罢了。他恰好在马车驶至低谷时打开了通往社会的那道门。他看见了深渊，便以为整个世界只有深渊，于是他害怕了，急忙锁上门，连带着，把透进微光的窗户也一并关上了。

可她不想做螺丝钉。

机子价格很便宜，老板好像急于脱手。那是2037年。她打开电脑，从头开始学。电脑反应慢了点，许多程序也跑不了，但基本的联网功能还在。她就像一个快要溺毙的落水者，终于冲破了水面的封锁，用尽所有力量贪婪地吮吸着甘甜的空气。

于是她"看见"商场里那些先进的、她根本高攀不起的计算机，和她的老破机一样，都被归类成了"经典计算机"，与之对应的另一种概念，叫"量子计算机"。

她"看见"平常使用的钱币，不论是电子的还是纸质的，不论是本国的还是他国的，都被归类成了"传统法币"，与之对应的另一种概念，叫"加密私币"。

她"看见"自己周围的人，包括她自己，都未曾植入过身份芯片，这种芯片会记录主人的所有行为，进而转译成可视化的身份、性格、信誉认证，在网络世界中辅助人们降低沟通的障碍。没有植入芯片的人，都被归类成了"原人"，与之对应的另一种概念，叫"两栖人"。

……

"这些你都知道，对吗？"她问正在耕地的父亲。

谷歌2019年宣称悬铃木[1]的量子优越性；比特币2009年成为第

---

[1]. 谷歌公司于2019年9月研制完成的量子计算原型机。

一个去中心化的加密货币；用大数据进行人格侧写的概念更是2008年就已提出。这些都发生在父亲上大学之前。

"那些诱惑……都是无根的残花。人活一世啊，要学会放下欲望，学会放过自己。"

他看见过世界，不论主动还是被迫，选择都是自己做的。可她呢？像这山村小县城的所有孩子一样，她从诞生，到上小学，再到升入注重技术的职业高中，一直都是在小圈子中按部就班前行，犹如井底之蛙，她从未知道有机会，更莫提去抓住机会。

可她的窗户，现在正缓缓打开。

她还"看见"了这个世界发展的不平衡，不是所有地方都拥有魔法般的科技。尖端科技的辐射范围是有限的，科技之箭射得太久、太远，总有失速、力不从心的时候。和她一样处境的人，才是这个国家的大多数，那台二十几年前的老台式机还能用，就是最好的证明。所以，在变得和父亲一样麻木前，她要抓紧眼前这个神奇的盒子，只要它还能和外界联通，她就能顺着它细小的信息之流，一点点学习，一步步蜕变，汇入河，汇入江，最终归向大海。

只要还有这个盒子，就还有希望，还有救。

转折发生的那天，其实和过去十五年的任何一天都没有什么不同。她放学就飞奔回家，一刻也不想耽搁。她清楚知道自己要什么，学校教的大部分东西给不了她未来。吃完晚饭，她迫不及待开启那台老旧的台式机。开机没什么问题，桌面也没什么变化，除了所有的程序都无法使用，除了显示的日期变成了1970年1月1日——六十八年前。

而在现实中，这天是2038年1月19日。

父亲收拾着碗筷，有一搭没一搭地听着电视新闻。主持人正读着一条简讯:"世界主要国家平稳地度过了 Unix 千年虫危机,电脑程序没有出现大规模崩溃,除了个别贫穷落后的国家没有在 2038 年 1 月 19 日 03 时 14 分 07 秒之前,把 32 位 CPU 的电脑进行更新,以至于电脑读秒超过最大储值 2147483647,强制归零回 1970 年 1 月 1 日 0 时……"

主持人的声音很平静,平静到近乎冷漠,漠视了那些贫穷国家正面临的大崩溃,也漠视了她——一个生活在非贫穷国家,却处于贫穷阶层的人的大崩溃。那天她坐在变成"砖"的电脑前,脑海里飘浮着一些断断续续的声音。远处的厨房里,父亲一边洗碗,一边哼着二十年前上大学时流行的歌。

"要出去!去大城市上大学。"她对自己说。

高考那天,她借了辆电动三轮车,山村的路并不平整,她所在的职高没有考点,她一路飞驰颠簸到县高考场,直到考完都觉得屁股里装了两台马达。走出校门时,路边小卖部传出了新闻主播的声音,说世界另一头,超导量子计算机突破了一万量子位,人类即将迎来一个全新的时代。看着满是裂隙的路面,不自觉地,她泪流满面。

"你没有种芯片,城里人说的话你听不懂。"分数出来那天,父亲仍是一贯的麻木表情,"你从小和他们生活的环境不一样,很多鸿沟是潜移默化出来的,分数再高也填补不了。"即使真的去上大学,他也希望她报个将来回家能帮得上他的专业。

"那我就报和城里的孩子在同一起跑线、不被任何生活环境所影响的专业。"

"是什么?"

"物理学。"

贰

禾小玉，S大凝聚态物理研二学生，2023年出生，籍贯四川省雅安市石棉县……

杰克挥挥手，字幕消失，转而出现了一张年轻女子的照片。那是极为普通的一张脸，既不漂亮，也没什么突出特点，落入人堆里会立刻被淹没。他再次挥手，四周纯黑的空间瞬间幻化成大学宿舍的模样。他却觉得心里被种下了什么东西。

那双眼睛……

杰克重又挥手，"宿舍"分崩离析，像素重新组合成照片的样子。

简单的丹凤眼，却异常有神，黑黢黢的眸子，蕴藏着一股洪流。那洪流仿佛能将一切阻碍冲破，将一切荆棘踏平，汇入河，汇入江，最终归向大海……她的眼神，是如此坚韧，如此倔强。

"你在渴求什么？"杰克问"她"。

眼前的女孩，已死了三十年了。

照片旁有个数字，是这件冷案的公会悬赏值，九昆币。并不高，毕竟是个普通的案子。死者也是普通人，当年没什么社会影响，三十年后也不会有。不像黄道十二宫杀手事件、黑色大丽花谋杀案……百年前的案子，至今还高居公会悬赏榜前十位。

但那双眼睛……

他朝档案上打下一个红色的信戳，这是认领的标记。比起找出残杀了这个女孩的凶手,他更想知道,这个女孩,到底在追寻什么。

信戳上浮现出两行字:

冷案猎人

杰克·道尔

"所以,白教堂,告诉我,你发现了什么?"

猎人需要猎犬。白教堂,是杰克训练的AI,它会像猎犬一样不间断扫描数字信息,一旦发现有新的证据能将某个冷案的侦破率提高到60%以上,猎犬就会把卷宗提示给主人。杰克去年狩猎成功的那起发生在2052年的街头行凶案,就是因为白教堂扫描到了一份与案发现场痕检血样存在相同基因突变的生物样本,从而锁定了当年凶犯的子代,杰克做了个亲代回溯,案件便迎刃而解。

所以,禾小玉的案子在档案解封的十年后才被白教堂提示,说明与这起命案息息相关的某些条件最近发生了突变。

他重新审视这个案子:

2044年3月24日,S大凝聚态物理专业研二学生禾小玉,被发现死在研究生宿舍里。死亡原因是窒息,口鼻上有明显的手掌印,说明她是活活被人用手捂死的,而且从掌印的大小看,凶手可能是成年男子。

凶手大概想伪造成入室抢劫过失杀人,却忘了这里是大学宿舍。杰克走进数字复刻的案发现场,当年办案警察的身影在狭小的宿舍里往来穿梭。

"荒唐,对吗?一看就是菜鸟干的。"一个身着警服的中年男人的模拟人格走到杰克身旁。

"他"是当年负责此案的刑警,叫吴浩。杰克查过他的档案,也是个身经百战的老刑警了，破案无数。但越是老警察，越是对一些始终无法破解的谜团见怪不怪。尸体一烧，卷宗归档入库，所有谜团就随着无奈的放弃，被埋进土里。警察呢，该干的活儿还得干，该放下的执念也得放下，毕竟还有一堆的案子等着办呢……

但数字孪生技术给这种无奈的放弃增加了一些不确定性。

"房间很乱，看似打斗痕迹明显，尸体身下的床单也有非正常的褶痕，但我们用程序模拟后发现，真实的打斗不可能形成这种现场。"“吴浩"拿出一个平板，戴上头显，镜头里出现模拟案发现场的增强现实场景。杰克则不需要这些复杂的设备，模拟出的凶手和受害者，就直接出现在了他眼前。

结果不论"凶手"如何施暴，"受害人"如何躲避和反击，各种模拟版本都与真实的宿舍不同。同时程序还告诉他们，要形成那样的床单褶痕，只可能是"凶手"把尸体放在床上后，再随手抓乱了床单，否则尸体身下的床单不可能那么平整。

"凶手当时应该很慌乱，想不出其他方法才伪造成了入室劫杀。这毕竟是大学寝室，房间密集，还在一楼，若真有这么响的动静，不可能不引起注意。所以，这里不是第一现场。"杰克对"吴浩"说。

"没错。打斗真要这么激烈，床单上不可能连女生的断发都没有。一定是事后移尸。"

"那第一现场在哪里？"

"吴浩"沉默了。

"没有找到吗？转移尸体需要交通工具，这里是寝室，人来人往的，一点线索也没有？"

"吴浩"摇摇头。

"尸体呢？如果是菜鸟干的，尸体身上应该有痕迹，指甲缝里有没有生物样本？身上有没有凶手的衣物纤维？"

"吴浩"还是摇摇头。

"你刚才不是说是菜鸟干的？"杰克有点无奈，这个案件数据包里的有效信息似乎太少了。

"我说，一看是菜鸟。再看，可就没那么简单了……"

"没想到你还挺幽默。"

"整天对着劫杀、奸杀、仇杀……再不给自己透透气，就要憋死了。对了，现在是哪一年？"模拟人格"吴浩"是和案子一起被封存的。为确保模拟人格不被本体后续的人生轨迹"污染"，在案子完成数字复刻后，就会被切断与网络的连接，以至于在被杰克重启后，模拟人格像突然穿越者一样，不知今夕是何夕。

"2074，三十年后。"

"如果没被杀害，这姑娘应该会成为科学家吧。""吴浩"感慨。

这时，杰克才开始注意寝室的布置。这是间双人寝，最普通的研究生宿舍。那个年代，虽然本科生数量骤降，但选择深造的比例却大幅升高。所以本科生的住宿条件优化了，普遍从二十一世纪初的六人寝、八人寝，变成了三人寝、四人寝，硕士研究生还是二人寝，博士生则有单人宿舍。

另一张床上堆着些杂物，电风扇包装箱、饼干盒什么的，说明这个床位的主人并不住宿舍，可能在校外租房……许多有条件的大学生喜欢在外面租房，毕竟成年人不愿意被当成小孩子管束。但多出来的那张书桌却没浪费，堆满了各种各样的书本。杰克注意到，除了禾小玉本专业的凝聚态物理外，她似乎还对计算机特别感兴趣，有很多与量子计算机相关的书籍。

"成为科学家，就是你的渴望吗？"杰克想起了那双眼睛。

"看看尸体吧。"

"宿舍"直接切换到了"停尸房"。他没有看到尸体刚被发现时的情景，也就是尸体还在床上时最初的样子，说明案子并非一开始就进行了跟踪性复刻。那时候是四十年代，数字孪生技术应用于刑侦领域的最初几年，复刻技术员培训不足，复刻流程也不完善，杰克现在能看到的物表深度0.5mm分子级信息，基本上都是破案失败后决定将案子"冷藏"前的抢救性补录。不像后来五六十年代的命案，物表深度2mm分子级复刻是从刑侦队刚进入案发现场时就启动的。

"尸体"就在杰克眼前。她——禾小玉，就那么静静地躺着，全身赤裸，盖了块白布，皮肤呈苍青色，透着令人胆战的寒。她的面容就像照片上的样子，唯一不同的是，闭着眼睛。

他看不到那双眸子，那双掩藏着渴求与欲望的眸子。

要让她睁开眼睛吗？这是昆域，他有数据包，一切皆可模拟，他甚至能直接问"她"问题。

"禾小玉，你想要什么？"杰克没有忍住。

没有回答。

一分钟过去了，还是没有回答。"尸体"真的只是尸体。

为什么？

"为什么？"这是问白教堂。

"因为她没有植入芯片。"AI的画外音响起。

什么？！

怎么可能？四十年代的人，怎么可能未植入芯片，更何况还是个研究生！这就像二十世纪一个大学生不可能不识字一样。

"她为什么没有芯片?"这是在问"吴浩"。

模拟人格没有回答,这说明数据包里没有答案,或许当年没有调查,抑或许,调查了却未得到结果。

"尸体"就躺在那里,却开不了口,仿佛她独占了一个故事,一个只属于她自己、不愿与人说的秘密。

父亲没有骗她,她五感俱全,却难以与人交流,因为她没有身份芯片。

在辅导员让全班做自我介绍的时候,她亲身体会到了什么叫与这个世界格格不入。

她看着那些来自城市的同学莫名其妙地笑、点头、鼓掌……仿佛空气里有什么对她隐身的信息在危险地传播,这是别人的喜剧,却是她的默剧。

笑、点头、鼓掌……笑、点头、鼓掌……笑、点头、鼓掌……几轮后,所有人看向了她……

"我——我叫——禾小玉。"简单的开场,却引来了大家的面面相觑。她清脆的声音,本是这个年华的少女最骄傲的资本,此时却仿佛帮她在所有的美好前添了个负号。

辅导员的舌头不自觉地舔了下嘴唇,"同——同学……"可以看出他并不习惯开启嘴巴这个动作,"可以打开自己的传感……"

"我——没有安装芯片。"她知道问题在哪里。

沉默……

或许只是对她而言的沉默……

"我来自四川一个普通的山村，家里并不富裕。"她要打破僵局，要让大家知道眼前这个所谓的"残疾人"可以掌握主动权，"我家乡的人，都没有安装芯片，所以我也没有。"

"四——四川哪里？"一个同学开了口，或许他也来自四川？

"石棉县，四川的中部，成都的西南方向。"她努力提供更多信息让大家打破僵局。

依然是沉默。

过了一会儿，大家凝重的表情突然松懈了下来。辅导员告诉她，有人分享了那个叫石棉的地方信息，当然是在数字空间，通过芯片。

在那台老旧的台式机变成"砖"之前，她搜索过植入芯片的人的世界是什么样的。芯片，就像是人的黑匣子，它记录着主人每时每刻经历的、看到的、感受到的、想表达的所有内容，甚至人的情绪，都有对应的生物化合物参数。而且不同于黑匣子的被动记录，芯片之间还可以传播转译信息。有一套专属芯片植入者的语言系统，那是一连串数字，是不同像素的组合，是复杂几何图形的拼接。这样的语言系统，对禾小玉这样的"原人"而言，简直如天书般难以理解，但对"两栖人"来说，由于他们从小浸泡在这样的"信息素"之中，生物质地的"本体"和数字质地的"分身"之间早已建立起了一套高效的链接机制。从某种程度上说，数字、色彩和形状的组合，是同时涵盖了时间、空间、触、嗅、味、听、视觉的立体信息，相较语言这种一维的信息传播方式，前者拥有强大得多的传播能力。

"石棉县的特色……"她努力回忆着以前从台式机上背下的内容,"那里有全世界唯一的碲元素独立矿床。碲元素,是非金属里导电性最好的,化合物可以用来制作半导体……"

辅导员突然尴尬地咳了两声,"感谢禾同学具有特色的分享。"然后兀自拍起了手,用掌声宣告,禾小玉生平的第一次自我介绍,就这么结束了。

后来的大学生活,并不比这天好过多少。

她尝试报名社团,但没有一个可以坚持两次活动以上。仿佛有道无形的屏障,把她和所有人划清了界线,她能做的,只是坐在一边,摆出人畜无害的微笑,期待等到一个"原人",或者一个"两栖人",愿意认识她,哪怕出发点只是对动物园里另一个物种的好奇。可结果呢?她就像一个黑洞,像她提到的碲矿一样令大家感到陌生。如果放在二十年前,这不是问题,五感的交流可以破冰,可惜今天的人不擅长这一点,全都不擅长。

和人际关系一样糟糕的还有学业。大一都是必修课,她没有选择,硬着头皮去问老师课上的那段"沉默期"传达了什么信息,能不能用语言表述等等。久而久之,有的老师在"沉默"了一会儿后,会突然冒出一句,"哦,我忘了班上有未植入芯片的同学",然后花更多的时间去重复解释。每当这时,她都感觉有荆棘刺在脸上。

进了大二,开始有选修课,她总是挑年纪大的老教授开的课,不是因为喜欢,只是因为能听懂。那些老教授和她一样,并不善于使用芯片传递信息,即使他们全都做过植入。而且老教授更喜欢使用纸质书这种传统的媒介来教学,因为这让他们感受到知识的厚重。记得曾经有个调研,问学生和老师,知识给你的感觉是什么。学生们的回答是:便捷的,易于获得的,快速迭代的。老教授们的回答是：厚重的，令人敬畏的，充满历史沉淀的。所以每次上新课，当她领到沉甸甸的书本时，心里总会觉得特别踏实。

不是没想过去植入芯片。学校给学生交了保险。令人庆幸的是，芯片植入在保险涵盖范围内；不幸的是，报销比例只有百分之九十。虽然自费比例不高，但对她来说，仍是笔天文数字。她想过贷款，也想过打工，但没有芯片就没有信誉背书，没有银行愿意贷款给她，更没有雇主愿意雇用她。这是个死循环。

三年级的一天，有个男生对她说："做我女朋友吧，我给你钱。"

她知道他所谓的"女朋友"是什么意思，因为他有真正的女朋友，也因为他脸上的那种表情，她曾经见过。小时候，有大城市的人，驱车一路颠簸来她们山里，只为尝一尝陌生的野味。当奇怪的肉端上桌时，那些城里人脸上流露的，就是这种表情。

这是她第一次知道，自己和野味一样，是种货品，可以换取一些东西。

肆

尸体很干净，没有遭到性侵，也没有受虐待的痕迹。这是受害者为女性的案子首先要做的排除项。

杰克抬起尸体的手，仔细检查指甲缝。"吴浩"不会骗他，当年的法医也不可能出现漏掉检查指甲缝这么低级的纰漏。但他不甘心。

可能当年的检测设备不够灵敏吧。

"确实没有他人的皮屑。"白教堂提醒他。

尸体被复刻得很真实。即便是四十年代，即便凶案现场的复刻颗粒度只有物表深度0.5mm分子级，即便复刻流程还不完善，但对尸体的复刻也一定会一丝不苟地完成。可以这么说，每具"尸体"都是一篇博士论文，要通过两名法医同行评议才能交付。

所以，如果当年她的指甲缝里有他人皮屑，白教堂用三十年后的技术不可能扫描不到。

指甲缝太干净了，才是问题。

"我说过，再看，就不简单了。""吴浩"突然出现在杰克身旁，"禾小玉住在一楼，阳台对着马路，虽说给凶手的移尸提供了便捷，但同样的，一楼的异常也很容易被目击。可我们寻访了半个月，只要那几天芯片定位出现在学校周围的人，我们全查了，没有异常。这个凶手，简直是个幽灵。"

"社会关系呢？"

"和尸体一样干净。"

"我看到她的寝室里有化妆品。"杰克挥挥手，"停尸间"切回了"寝室"。他掀开"书桌"角落的"化妆盒"后说，"禾小玉不是个只读圣贤书的孩子，她不止有护肤品，还有化妆品。"

杰克想起那张脸，他不由自主地想象这些化妆品敷于女子面上的样子，这一切都发生在他的脑海里，没有模拟出来。哪怕此时的"吴浩"只是个虚拟人格，杰克也不想让"他"窥见自己的内心。

"从同学、老师提供的信息看，她有一个男朋友。"

"所以，排查过？"

"对，男生叫林俊琢，F大信息学院的博士，他的导师还是国内量子计算领域的权威。这个男生,我们重点排查过,禾小玉的死亡时间,他有充分不在场证明。"

量子计算领域?

杰克突然想到什么,他走到"寝室"那张闲置的"书桌"旁,扫视了一下便发现,"书架"上量子计算机领域的"书籍"摆了满满两排。是出于对林俊琢的爱慕,才看书寻找共同语言?还是出于对量子计算的兴趣,才找了林俊琢做男友?他不由得在心中琢磨起来。

但当杰克的余光再次扫过,他发现了这些"书"的特别之处。

《量子编程入门》《超导量子计算机概论》《保真度与退相干》《超导量子计算机芯片制备技术》……

这些都没问题,关键是第二排:

《离子阱量子计算机原理》《拓扑学》《拓扑绝缘体》《光量子集成》《离子阱的激光制备》《拓扑量子计算机原理》《拓扑超导体实验案例集》……

离子阱、拓扑、光量子计算机……这些都是三十年代以前各国在量子计算机领域做过的研究。那时,科学界对于到底用哪种粒子去制作叠加态的昆比特[1]还没有定论。二十一世纪头三十年的量子计算领域,是霍尼韦尔的离子阱计算机、微软的拓扑计算机、中国科大的光量子计算机,以及最终胜出的超导量子计算机之间的厮杀混战。

但这一切已经是四五十年前的事了,即使倒退回案发的2044年,这些书讲述的也是历史,而不是当下。就像研究经典计算机的

---

1. 昆比特又称量子比特,它是量子计算机最基本的存储单元。

人并不需要知道，曾经有相当长一段时间存在过晶体管和电子管间的混战厮杀。仅仅是兴趣吗？这和禾小玉本专业的凝聚态物理，又有什么联系？

杰克感觉到，随着案子的深入，存在于这个女孩身上的谜团，越来越多。

"那个手印，有与林俊琢的手比对过吗？"杰克知道自己在明知故问。

"当然比对过。但死者不是一下子被捂死的，你也看到手印有移动过的痕迹，没法作为证据。而且林俊琢有不在场证明，视频监控和芯片都能证明这点。"

"那他知道那段时间死者去了哪里，或见了什么人吗？"

"他不知道。据他供述，那段时间，他和死者闹了点不愉快，在冷战期。死者不会事无巨细都和他讲。事发那天早上，他曾去死者宿舍，想缓和矛盾，但对方不在宿舍。"

"哦？闹矛盾？"

"吴浩"知道杰克在想什么，"不是什么原则问题。和学术有关，论点不同的争论罢了。如果这种矛盾都要闹到杀人，那学术界不敢有分歧了。"

"死者死前一天都和什么人联系过？"

这关系到第一案发现场在哪里，三十年前，那始终没有找到的案发现场。

"这里面，存在第一个疑点。"

这姑娘，简直是个社交绝缘体。按道理，研二的这段时间，应该是密集咨询学长，联系潜在博导的关键时期。可她在遇害前一周，甚至前半年，除了和她的父亲、她的硕导、林俊琢外，几乎没有与外界的任何联系。这和她同学的反馈也基本一致，她除了来实验室和上大课，不参加其他任何活动。

杰克站在这散发着死亡气息的"寝室"里。四周静悄悄，什么声音都没有，模拟的阳光没有温度，模拟的镜子照不见人影。她就像个被封印的灵魂，深埋在这地下的墓穴里数十年，一切的羁绊都被割断，所有的回忆都被抽离，唯一剩下的是孤独。如果不是那具"尸体"和这满屋子的"书"，他甚至怀疑她是否真的存在过。

有一点儿窒息。杰克猛地挥手，禾小玉的"寝室"消失了，连透黑的模拟背景也消失了。他的周围呈现出一个房间的样子，墙壁斑驳，很久没有粉刷了，简单的钢架床，被子还是上个季节的配置，沙发垫上的咖啡渍看不出是什么时候泼上去的。

男人瘫坐在万向步机上，他的脸是一张很普通的东方面孔，胡子的长度说明他有阵子没打理自己了，昆域皮肤上那道虚拟的刀疤也消失不见，取而代之的是三十几岁男人这个年纪惯常的粗糙。

罗道摆弄着全息VR眼镜，若有所思。

禾小玉如此，自己又何尝不是？昆域里，人与人之间没有现实的羁绊，谁之于谁都只是一串代码。如果哪天昆域被篡改了，或者自己的历史被抹去了……禾小玉尚且有尸体和书证明她存在过，自己又有什么？

不会的……杞人忧天罢了……他甩甩头，想驱散这负面情绪。

昆域的加密系统是最完善的，没有人能篡改"石棺"，只要"石棺"还在，昆域就是真实可信的。自己——"杰克·道尔"这个昆域身份，就是真实存在的，不可替代。

伍

大三上半学期的时候,禾小玉决定考研。这本不是个问题——如果她有芯片的话。所以当那个男同学找到她,问那个问题的时候,她毫不犹豫地答应了。她很感激他,来得够及时,否则备考的时间就不够了。所以每次他有需要,她都会惺惺作态地迎合。

后来的分手也自然而然,没有人主动提出。随便了,反正她不是出于爱。而他,野味吃过了,新鲜劲过了,山路颠久了屁股还是会觉得疼。

没关系,钱够植入芯片就行了。

她查了资料,准备预约医院的时候,接到了父亲的电话——让她回家一趟,奶奶去世了。

两年没回家了,该回去看看,顺便告诉父亲她考研的决定,当面说会比较好。她这么想。

看过外面的世界,再回去,她会发现一些从小到大都忽略了的东西。比如,麻木的其实不是父亲,而是整个山村的人。比如,只要你没有打算回来,你便是胳膊肘往外拐,不再是这个团体的人。不论你本心如何,他们都会以站在道德制高点的口吻责备父亲没教育好女儿,说是小玉变了。儿时好友也对你带回来的书不感兴趣,她们责备你没有带回来衣服、鞋子、化妆品。参加葬礼的时候,所有人当你是空气,一如你做自我介绍时的样子,一如你参加社团活动时的样子。你明明没有抛弃他们,可他们却先抛弃了你。两个世界，都抛弃了你。

为什么？

她想起曾看过的一则童话：

很久很久以前，草原上生活着两群羊。一天，神在草原上画下了一条线，那条线立刻变成栅栏，横穿整个草原，把两群羊隔开了。第一天，羊发现了栅栏，聚集而来，因为它们感到好奇；第二天，羊试图打破栅栏，却不行；第三天，两边的羊互相喂食对方自己这边的青草；第四天，两边的羊群都在栅栏边建起宏大的集市，交换青草，繁荣和乐。后来有一天，神把栅栏换成了石墙，密不透风的石墙，两群羊再也看不见对方。第一天，羊发现了石墙，聚集起来，因为它们感到好奇；第二天，羊试图打破石墙，却不行；第三天、第四天、第五天，石墙边的羊越来越少，直到最后，只各留下一只羊巡逻；第六天，巡逻的羊发现石墙有松动，石头在窸窸窣窣地掉，于是它拉起警报。羊群围过来，不断加固石墙，墙越垒越高，直到撞破了神家里的地板。神问羊，为什么加固石墙？羊说，那边有狼，会吃自己。神说，不，那边和你们一样，是长着角的羊。羊说，不，那边和我们不一样，是没有角的狼。

科技，就是那道石墙。

"为什么要植入芯片？和过去的人一样用嘴说话，不好吗？"手术之前，她把那则童话分享给了医生。

芯片植入是很简单的小手术，甚至不需要麻醉，费用也很亲民——亲大城市的民。

"为了，实现元宇宙。"

"什么宇宙？"

"元宇宙。就是一个人造的新世界，用数字模拟出的世界。在那里,你可以生活、工作。但不同于现实世界你所拘束于此的空间和身份,人可以拥有更多的可能,某种程度上,嗯,可以成神。要制造一个世界,那得把现在世界的一部分复刻进去,这就是数字孪生。"

"所以,元宇宙里面也会有学校,有山村,有麦田?"

"对,但那都是物质层面的孪生。更重要的,甚至可以说数字孪生最重要的标的物,是人。

"就像房子造好了,是给人住的,只不过现在将房子换成了一整个虚拟世界。

"大家都想住精装房。一个新发布的游戏,没有人希望登录后迎接自己的是一个荒凉的世界。芯片,是一种学习程序,会模拟本体的人格。植入的人多了,就可以模拟出一整个社会。元宇宙这套刚建好的'毛坯房',得靠芯片套取出人的社会,去进行调教,才能适应人的需要。作为回报,现在贡献了信息的人们,将来都会欣喜地发现元宇宙是为他们定制的'精装房'。芯片提供的那套融合了数字、色彩和形状的语言系统,也是为了让人们提前适应元宇宙的数字式沟通。元宇宙真的上线的那天,两个世界就能无缝衔接。我们所有植入了芯片的人,也就成了真正的'两栖人'了。"

机械臂的动作很精准,禾小玉手臂上一个很小的位置被彻底消毒,激光定位的那个点,犹如一颗极小的朱砂痣。

"那些没有植入芯片的人呢?'精装房'不用测试他们的需要吗?"

美丽的医生沉默了,用微笑替代了某种不可说,大家却都心知肚明的答案。

"没有这个打算对吗?"她猜到了答案,"是因为他们穷吗?无法消除贫穷,就消除产生贫穷的人,至少在新的世界里是如此?"

"朱砂痣"的边缘出现了一点点模糊,禾小玉在颤抖,但手术室明明是恒温的。

"不是贫穷。是认知!"依然是招牌式的微笑,"城市里也有穷人。但为什么要让芯片植入进医保,是为了使他们也有机会植入吗?因为他们虽然穷,却和我们有一样的认知。我们,是石墙同一边的羊。"

她的手心冒出了冷汗,那最后一句,她不确定是否真的听清了。

"墙的同一边,有同样的规则、同样的秩序,这就是社会。但偏远地区不是,他们在墙的另一边。贫穷,只是一种外在表现而已,不是根本。墙那边的羊真正可怕之处,在于他们已经无法理解我们的规则、我们的秩序,更别提对我们认同。生物芯片、量子计算、元宇宙,说白了,就是新的语言、新的思维模式、新的认知。这些都是甄别的手段,船上的人太多、太重,总得要筛选掉一些的。时间放长点,几十年后,石墙两边,就不再是同一个文明;几百年后,就不再是同一个物种了。小姑娘,别抖,放松……"

"对不起。"她止不住地颤抖,激光的红点仿佛一滴血,有什么东西,刺痛了她。

她用手捂住已经消毒完成的切口,说道:"手术……不做了。"

"不做了?"

"不做了。对不起,再见。"

"不会再见了。"

陆

"第二个疑点,凶手为什么要把禾小玉的尸体搬回来?"

多此一举!

那么多警力都找不到第一案发现场,说明要么距离很远,要么就是很隐蔽。如果是前者,那直接在路上找个抛尸地就行了。若为后者,就地深埋是最好的处理方式。

要知道,作案手法越简单,破案难度越大。所有的多此一举,都会成为警方的抓手,成为凶手的破绽。

一定要把尸体搬回来,说明有不得不如此的理由。是什么?

死者的斜挎包也不见了。不止一个同学,还有林俊琢均反馈,禾小玉有个随身的斜挎包,但在寝室里没有找到。

"是不是要伪装成入室劫杀的样子,所以故意把包拿走了?还是落在了案发现场?"杰克问道,但"吴浩"没有回答。看来当年没有答案,更没有把包找回来。

"包里有什么?"

"寝室钥匙。"

钥匙?四十年代还用钥匙?

"因为她没有芯片,没法做电子识别,所以自己搞了把锁装上。"当年的宿管这么告诉吴浩。

这样一来,就没办法确定是否熟人作案。因为判断她S大研究生的身份并不难,毕竟有学生证,难的是确定她的寝室。但独一无二的钥匙和独一无二装了锁的门，简直就是昭告天下存在着这种对应关系。"

"还有本活页笔记本。其他同学用的都是电子笔记，所以大家都对她的那本纸质笔记本印象深刻。"

"他们知道里面记的什么吗？"

"课堂笔记，还有实验室项目的演算草稿。和其他同学电子笔记的内容没什么不同。"

"林俊琢提过这本笔记有什么特别之处吗？"

"他们的专业不同。那些搞研究的，学位越高，方向越专，哪怕同样的计算机专业，都能隔行如隔山，更何况他俩专业不一样。平时的交流，更多是概念上的，不会具体到数据详情，所以笔记本上有什么，林俊琢说他不知道。"

"那禾小玉遇害前一个月，引起他俩闹不愉快的学术矛盾是什么？"

"禾小玉想让林俊琢帮她联系一台扫描隧道显微镜用于实验。但林俊琢没有答应，还教训她应该把时间花在考博上。那段时间，禾小玉似乎私下在做着什么研究。想想也能理解林俊琢，他不过是跟了个好老板，在国内的学术研讨会上露了几次脸，就被禾小玉利用上了，以为他有万能人脉，随随便便就能调用到扫描隧道显微镜那种级别的设备。"

扫描隧道显微镜，杰克听说过。猎人这行，什么都得知道点儿。那是原子级的显微镜，二十一世纪初刚发明出来的时候，全世界都没几台。到了四十年代，虽然制造工艺成熟了，好一点的高校基本都有配备，但也不是随随便便一个博士生卖个面子就能调用的设备。

"她那段时间不太顺,父亲被医生误诊成癌症,电脑又在她出事前进过水,什么内容都没留下,她又没申请过云空间的账号,不然我们也能知道她私下在做的研究到底是什么。哎……真是个可怜的孩子。"

"吴浩"这么说,等于又断了一条线索,怪不得冷案的复刻数据包里会缺失电脑这么重要的物证。

但如果禾小玉喜欢用纸质笔记本,她的演算也可能在纸张上完成。那她过去的演算稿在哪里呢?总不可能随身带着。

杰克立刻翻箱倒柜,"衣柜""储物柜"……"寝室"里有什么一目了然,似乎没有存放草稿纸的地方。不过,还有个地方……

杰克爬上那张闲置的"床"。"床"上有个电风扇的"包装箱"。一打开,果然是满满一箱A4纸大小的"演算稿"。他高兴极了,但伸手去拽,却发现那看似纸张的东西,竟然全坨在了一起,像有人用胶水把数千张A4纸粘在了一起。

他立刻明白了原因——四十年代的技术,是物表深度0.5mm分子级扫描,对于复刻仪而言,堆在一起的纸是个整体,和白色的实心箱子没任何区别。只有零星几张有褶皱的"纸",被完整复刻了下来。但上面都是杰克看不懂的公式……

"当年我找专家看过,都是他们凝聚态专业的什么准粒子、声子、晶格的模型演算,没什么特别的。"吴浩找了张"椅子"坐下,似乎早料到了杰克做的是无用功,"所以没花人力去做复刻。"

"吴浩"说得没错,"花人力"三个字,特别准确。

即使到五六十年代,技术已经非常成熟时,复刻书本也是件非常累人的活计。得有人或者机器人,将书一页页打开。好在后来纸质书渐渐销声匿迹,否则刑侦系统说不定会专门设置个课题去攻克书本的复刻。所以，当2044年的调查队判断这些稿纸对破案没有帮助后，复刻师也乐得清闲。

所以，那些"书"……

杰克一本本去抽书架上的那些厚"书"……一本本都是"砖"，没有一本做过复刻。

他也累了，便找了张"椅子"坐下来。

"来根烟吗？""吴浩"已经吞云吐雾。

三十年前的烟，是什么滋味？

杰克其实蛮想尝一尝，但……

"我是两栖人，不是数人。这种高级别的感官模拟功能，我没买。"

"'数人'是什么？"对三十年前的"吴浩"而言，这是个新概念。

"那些在昆域开放后出生的人。他们出生的时候，就被植入了全感官芯片。比如说，我们两栖人进昆域要戴全息眼镜，他们则不需要，昆域的视觉影像是直接投射在他们视网膜上的。"

"哦，那更'进化'了。""吴浩"所处的年代，媒体一直宣扬，两栖人相对原人的改变，是一种进化。所以他自然而然也认为，数人相对两栖人便是二次进化。

"是不是'进化'不知道，我只知道那些数人一辈子都生活在狭小的磁舱里，没有见过真正的山川，更没有踏足过真正的土地。"

对数人而言，世界有且仅有一个，就是昆域。这算不算认知的不同，他不知道。

"烟"没有接下，杰克却踢到了一本掉落在地上的"书"。应该是凶手布置现场的时候，故意扔在地上的。

杰克拾起它，抖了抖，又是本"砖"。但不同的是，可能因为掉落在地的缘故，它的封面和扉页之间有空隙，以至于让复刻机复刻下了扉页的内容，还有扉页之下的0.5mm。

是洞吗？

杰克的手指抚过那个长条状的封闭浅痕，他感受到了凹陷的下探，虽然只有0.5mm，但扉页之后，确实有个长条状的洞。不知为何，他脑海里蹦出的，是《肖申克的救赎》那部电影，主人公在《圣经》里挖了个洞，藏进了一柄鹤嘴锄。但杰克再也不可能知道三十年前这本书里的洞有多深，藏的到底是什么了。

杰克回翻封面，七个硕大的宋体字令他感到陌生——《马约拉纳费米子》。

这本书掉在地上，寝室的正中间，杰克拾起了"书"，却不知道该归进哪一头的"书架"——是凝聚态物理，还是量子计算机……

柒

元宇宙的底层逻辑是什么？

从医院回来后，这个问题就一直困扰着禾小玉。她恶补了相关知识后才发现，元宇宙是现今最热门的话题，不仅在自然科学界，更在社会科学界。

一些看似独立发展的技术，如数字孪生、加密私币、量子计算、通用芯片、常温超导、加密通信……都在指向元宇宙这一终极目标，那是一个全新的世界。创世的红利，谁都想吃到，于是大量的资本如潮水般涌入了这个概念的生态辐射圈。凝聚态物理——量子计算机中量子材料制备背后的基础学科，一起被框进了这波浪潮的次级辐射圈。凝聚态物理之于量子计算机，就像半导体物理之于经典计算机。换句话说，凝聚态物理这个专业项目的基金池很充裕，对物理学的本科毕业生而言，是个很好的去处。

凝聚态物理，排名最高的学府是F大。她的笔试分数不突出，所以复试非常重要。但两个巨大的劣势限制了她：一、没有植入芯片；二、本科所在的S大并非一流高校。面试轮的鄙视链和潜规则，她非常清楚。

所以，什么才是F大那些教授面试时最渴望看到的东西？哦不，应该说，什么才是那些教授自己最渴望的东西？

她悉心搜罗着F大"大牛"们出席的论坛，参加的研讨会。除了核心期刊的论文，这些露脸的重量级会议，也是大牛们异常看重的。他们的演讲，争论的观点，都是可供她吸取的养料。

林俊琢应该是他导师非常看重的学生，否则不会在这么重要的研讨会上让他做综述发言。他有一点羞涩和腼腆，可能是第一次在这么多行业精英面前露脸。但他的综述很有逻辑，面对提问也应答得体。他所有的羞涩和腼腆，都因为那水面之下若隐若现的庞大冰山，而变得分外谦恭和虚怀若谷。那是她第一次见他——F大信息学院的博士研究生——林俊琢。

她举手，接过话筒，问了一个精心准备的问题。问题本身不是目的，制造她和他的交集才是。

林俊琢，更准确地说，他导师的研究方向，是超导量子计算机的量子纠错技术。通俗点讲，就是如何提高量子计算的保真度，让计算不出错。

如果将昆比特数的增长，比作超导量子计算领域的前锋战线，那量子纠错，就是后勤保障。几年前，当超导量子计算机的量子位率先突破10000，战胜离子阱、拓扑量子、光量子计算机，赢下这场量子计算领域的超级争霸战后，如何提高叠加态量子的保真度，就变成了当今量子计算领域皇冠上的那颗明珠。

十米之外，拿着话筒与她对话的，就是如今站在超导量子计算领域最顶峰的团队。虽然已经演练过十几次，她仍觉得有点眩晕。

本场活动结束后，她趁热打铁，要到了林俊琢和他导师的联系方式。这个举动并不突兀，研讨会，说白了，有一半的目的都是社交。这时候索要联系方式，甚至可以被理解为给对方捧场，是对方受欢迎的表现。之后的分寸，才是关键。她没有主动找他们任何一个人聊天，她现在要扮演一个默默的崇拜者。

所有的状态，都只对林俊琢一个人可见。那是一个被她切分成八份的思想实验，离复试还有两个月，她有一半的时间去布饵。"饵料"有时一两天就投一次，有时候三四天也不投，毕竟她的人设是"一个在与他的对话中获得了启发，进而顺着这个思路去挖掘可行性的爱思考的学妹"。灵感的获得有时取决于运气和机遇，这也是科研的魅力，太过易得便显得刻意。"饵料"要慢慢放、轻轻布，她要让林俊琢看到这个实验的孕育过程，体味她所经历的"甘苦"，不知不觉、不由自主地与她一起思考，最后陷进去！

还剩最后一块"饵料"。她知道一切都在她的掌控内，因为另外一个社交平台上，林俊琢搜索了她，却没有交流，这说明他一直咬着"饵料"，却犹豫要不要吃下，虽然他并不知道这是个"饵料"。最后一击，是一条仅对他导师可见的状态。那是一个问题，一个直指这个思想实验的猜想，但描述得非常浅显，并不成熟，看上去只是灵感的偶尔迸发，没付诸有效思考。

她在等，手捏着第八块"饵料"，等他的导师看到她的状态，等他留下浅浅的印象，等他在不经意间对他最看重的门生轻轻提那么一嘴："欸，俊琢，都说计算机像个硅基生物，那怎么就没有一种类似DNA聚合酶的东西，像校对碱基配对一样，去校对量子计算的对错呢？"

她还记得那个早晨，乍暖还寒，阳光藏在云朵里，朝霞漫天。她接起电话，那头是个好听的男声："喂，学妹你好！我叫林俊琢……"

这是第一步。

他们见了面，交谈很愉快。林俊琢的导师也不擅长芯片语言，所以他顺着导师，更习惯用传统的话语交谈。

他的笑容不带一点杂质。像大城市所有被爱护着长大的孩子那样，他相信在这个世界，付出了努力就一定会有回报。那双眼睛，清澈而明媚，不像她的，有狼的影子。

对她来说，他只是一座桥，可以架起和F大的联系，和顶级团队间的联系。

"凝聚态物理啊？"林俊琢回忆着他的关系网，说可以帮忙引荐姜教授，制备昆比特的时候有过课题合作。

这才是她的目标。

元宇宙的底层逻辑，到底是什么？她从医院回来后，一直在思考这个问题。

一些看似独立发展的技术——数字孪生、加密私币、量子计算、通用芯片、常温超导、加密通信……都在指向元宇宙这一终极目标。可她总觉得，这一整个宏大的概念，和围绕它的纷繁复杂的尖端科技背后，少了某样东西去胶合、去锚定，某个非常重要的基石。

"真实！"

那天，咖啡馆里，林俊琢给三人各点了一杯拿铁。坐在他和禾小玉对面的，就是F大凝聚态物理的领军人——姜和教授。

"这是元宇宙存在的基石。"禾小玉一字一句吐露，不紧不慢，自信而笃定，"小时候，父亲带我去集市上卖麦子。当时，麦子的市价是每斤一块一，你可以直接卖给麦商，也可以卖给合作社。合作社的收购价低于市价，但会给你一张券，凭券，下个播种季去买麦种，可以拿到很大的折扣。这家合作社的种子质量一直很好，所以农民愿意这么换，久而久之，倒卖种子券反而成了个独立市场。那年，父亲因为要给我攒上初中的学费，麦子没有卖给合作社，而是卖给了麦商。九月，他交完学费，拿剩的钱去买种子券。那时临近播种，券剩得不多，紧俏，价格也比九月前高得多。他算了算，还有得赚，就花了这钱。但那年的种子换了供应商，质量降了许多，来年的麦子，合作社自己都不肯收。就那么一次，种子券的信誉就没了，即使第二年供应商换了回去，种子券也再没回到过我父亲买的价格。"

姜教授喝着咖啡，审视着对面的女孩。林俊琢跟他提这件事的时候，他第一反应觉得对方一定是个天之骄女，起码，和林俊琢在同一层次上。

她继续道："人类文明诞生以来，和元宇宙这个概念最类似的存在，是纸币。都是平凡之物被人为赋予了非凡的意义。没有人怀疑地球的真实性，因为它是物质的，物质先于人的存在而存在。换个通俗点的说法，地球是'神'造的。但元宇宙不同，它是人造的。人无法篡改神造物，但可以篡改人造物。地球的真实性是以物质的真实性为背书，但元宇宙里面的身份、人生经历、所造之物，说白了，都是数字的，是虚拟的，没有物质价值做背书。"

姜和丝毫没有注意到，他的咖啡勺已经不知不觉停在一个位置很久没有搅动了。

她深呼吸，一气呵成："所以元宇宙这个概念的基石，是人们对元宇宙是真实的、有价值的、不可篡改的这一理念，保持一种坚定的信任。一旦这种信任产生动摇，元宇宙会像通货膨胀时的纸币、区块链被算力攻破后的代币、种子质量变差后的种子券一样，变得一文不值，在数据被真正篡改前，就先行崩溃。"

林俊琢的咖啡也很久没动了，他事先不知道她想说什么，以为只是和姜教授打个照面，混个脸熟，却没想到……

是姜教授先恍然大悟过来，"这个基石我听懂了，可是，和凝聚态物理有什么关系？"

"俊琢，"她转向身旁的男友，"能回避下吗？"

林俊琢还在回味她刚才的话，像一个被操控的木偶一样自觉走出了咖啡厅。

是啊，和凝聚态物理有什么关系？从医院回来后的大部分时间，她都在思考这个问题，找这个关系。如果没有一个可落地的关系，一切都只会是一个门外汉脑洞大开般的奇想，没有任何的学术价值。

她想了很久，比过去的任何思考都要久。有时在思考中沉沉睡去，有时在思考中惺忪醒来，身体苏醒之前，大脑仿佛就已在后台自动开启，飞速运转。

那天，她躺在床上，眼睛还未适应晨光的曚昽，目光就失焦地落在了床斜对面的某个地方。

什么东西，可以锚定一个虚拟世界的真实？

什么东西，可以既是物质的，又是信息的？

晨光渐明，她的瞳孔逐渐缩小，缓慢聚焦。聚焦处渐渐清晰，是她自己的桌子，上面垒着厚厚的东西，不像另外三个室友的桌子，只摆着薄薄的电子屏。

既是物质的，又是信息的……

电光石火间，她猛地坐起身子，瞳孔已经彻底聚焦，心脏几乎要从嗓子眼跳出来。

答案就在眼前——满满一排，如砖头般厚重的书！

信息藏于物质之中，虚拟被不可篡改的客观锚定。

"人类最早流传信息的方式，是把信息刻在石头上，后来石头变成了泥板，泥板变成了木片，木片变成了纸张，直至今天……人类文明的发展，就是信息载体的发展。人类文明的不可篡改，就是因为同时篡改这世上所有信息载体万分艰难。比如要篡改或者复制某本书的内容，要把书一页一页翻开。如果书很厚，页数很多，这会是一个非常大的工程。那如果书无限厚，页数无限多呢？"她紧盯着姜和的眼睛，她盼望着，盼望姜和能得出与她一样的答案。

"这无限厚的'书'和无限多的'信息'，你指代的是什么？"姜和心里有个答案，但他不确定一个二流学校的本科生能想到这一层。

"宏观物质，和组成它的微观粒子。"

一模一样！和他的答案。

"微观粒子的运动过程，就像书中的文字组合一样，是信息质地的存在。"

而凝聚态物理，不正是研究微观粒子和它们的相互运动方式吗！

"你是说，用微观粒子的运动轨迹，去编制元宇宙信息传递的密钥？"

"对！"她长舒一口气，"元宇宙是去中心化的，和区块链概念类似。每个人手里都有一本'账本'，要篡改它，就得篡改所有人手中的'账本'。这听上去很难，但就像超级计算机对普通计算机的碾压性优势一样，难，却并非不可能，因为所有'账本'都是信息质地的，套用的都是同一套逻辑。所以，要确保元宇宙的真实性，就要在所有纯信息的'账本'之外，建立一道完全不同逻辑的防火墙！"

"一道物质性质的，真正的，墙？"

微观粒子的运动遵循的是物理规律，如同台球一样，会发生相互作用。不同的是，这张球桌上台球的数量，是十的二十三次方数量级，用它们的运动轨迹编制的密码，不是这个时代的技术可以破解的。而将这些微观粒子的结构和动力过程转译出来，就是凝聚态物理要做，且可以去做的事。

"你打算以此作为硕士阶段的研究课题吗？"

"不是我的课题，是您的！"

那天，一击电光石火，她激动地跑到书桌前，看着一排排厚重的书，心脏几乎跳出了嗓子眼。

心情平复下来后，她发现一个东西掉在了地上——是她原先放在床头的书，可能刚刚动作太大，把它晃了下来。

她拾起书，回翻封面，七个硕大的宋体字分外扎眼——《马约拉纳费米子》。

马约拉纳、费米，这都是人名。

什么才是那些教授自己最渴望的东西？

一个猜想，一个发现，以提出者的名字命题，从此在科学界的现在和未来，被一代又一代的学者敬畏、永恒铭记……

"……这是您的课题！"

姜和以为自己听错了。

禾小玉环视一周，确定林俊琢不在这里。

"用石头锚定元宇宙真实性的想法我从未对任何人提过，对林俊琢也没有。我只是一个本科生，我没有能力和资源去做这么大的一个课题。即使真的发表了论文，也会因为我的名不见经传而石沉大海或遭人质疑。但您不一样，您是业内'大牛'，课题由您做，论文由您发，成果以您的名字命名，才可以一石激起千层浪，发挥出它真正的巨大意义。"

"为什么这么做？"

"因为我想换取一些东西，一些完全在您掌控范围内的回报。"她抿了抿嘴唇，一字一句吐出，"让我通过F大复试，成为您的研究生。"

姜和站起了身子，离开的时候，问道："孩子，你叫什么名字？"

走出咖啡厅，他碰见等在门外一脸焦急的林俊琢。

"教授，怎么样？"

他想了一想，留下的笑容意味深长，"她真是一个……非常聪明的女孩子……"

捌

"吴浩"再没有出现，因为三十年前所有的线索都梳理完了。能拿到的证据都用三十年后的技术做了复检，并没有新的发现。

这九昆币的案子，竟然要花费这么多精力！时间一天天流逝，还有不到三个月的破案时间，他就要消掉信戳，把案子还回公会，否则，就会被倒扣昆币。

杰克开始怀疑这笔交易划不划算。

而且随着挖掘的深入，还出现了第三个疑点，一个三十年前不曾存在的疑点。

"白教堂！"

没反应。

"白教堂？"

"主人，我在。"AI的声音响起。

最近不知道为什么，白教堂的反应速度变慢了。准确地说，不止白教堂，许多依托昆域的程序都不同程度地出现了延迟，这是10G网络支持下的昆域从来没出现过的现象。他这样的两栖人还好，毕竟五感不完全依托于生物芯片，倒霉的是那些数人，相当于整个世界和他们神经的交互延迟了0.05秒。这还不是最可怕的，杰克从新闻上看到,有个数人身穿的磁衣和他居住的磁舱间出现了0.3秒的断联,导致他直接从四米高的磁舱天花板上掉下来,扭断了脖子。

不用脚走路,果然不安全。

"你那天到底发现了什么,让这个案子的破案率达到60%以上?"

破案率是个比率,要让它增长,有两个方法,或增大分子,或减小分母。

杰克希望是第一种。

"我排除了一种可能性。"

"哈……"杰克无奈地砸了下桌子。

他给白教堂设的逻辑,说白了就是假设检验,做地毯式排查:情杀、仇杀、劫杀,抑或各种各样的意外。白教堂会把已知证据代入,全部模拟一遍,再把所有证据以各种各样的排列组合去做合理怀疑,再模拟一遍。若将走过的"路径"可视化出来,会像一棵树的形状——三十年前的事实是主干,一种可能性就是延伸出的一根枝丫,支持这种可能性的证据会被锚定在这根枝丫上,而对证据做出的合理性怀疑,就是从这个证据的根部再延伸出的一截次生枝。

白教堂会算出走通所有枝丫所需的证据数量,这就是分母。已证得的证据数量,就是分子。所以,即使白教堂算出的破案率在95%以上,也不意味着就一定是个容易的案子,谁知道分子会不会星罗棋布在不同的枝丫上!当然,一旦白教堂排除某种可能性,那条枝丫上的证据就会被整体切除,这就是分母的减小。

这种成千上万个"平行宇宙"的模拟对算力要求极高,杰克有点担心是否最近昆域频繁出现的震荡影响了白教堂的算能,降低了程序的准确性。

所以他要Debug[1]。

然后，就发现了问题。

白教堂模拟的其中一条枝丫，是假设禾小玉的死和她的研究有关，所以那条枝丫上，布满了她本硕期间所有研究的利益相关人。这些人基本上都不在"冷藏"的刑侦数据包里，得靠白教堂自己去网上爬。多亏了三十年前身份芯片的普及，这些人的人生轨迹就像果冻被勺子挖过后留下的痕迹一样清晰。

只要有足够的算力和高级别的权限，白教堂甚至可以还原出过去三十年整个城市文明的全部。

这就是元宇宙时代的刑侦。以往的刑侦是泥塑式的，用证据去一点点堆砌。三十年后是倒模式的，用庞大的算力去模拟当事人周围的世界，然后用排除法去慢慢逼近唯一的真实，推出倒模中间唯一的空腔。

有一截次生枝丫，指向的是禾小玉读硕士期间写的一篇小论文——《一种具有分形晶格结构的碲基化合物》，标注的完稿时间是2043年10月，也就是她遇害的半年前。之后，她的通信就几乎与外界断绝，联系人只有硕导、父亲和林俊琢三个。

这就是禾小玉死前私下做的研究吗？杰克不确定。

但他确定的是，这条枝丫有问题——他还原不了白教堂判断切除分母的逻辑链。

论文的相关人只有禾小玉和她的硕导，这篇论文没发表，所以不涉及期刊编辑。深网记录显示，禾小玉只把文章发给过硕导和林

---

1. 调试程序，排除故障。

俊琢，且这二人均没有再往外转发。也就是说，这篇论文的生态到目前为止，是封闭的。这是三十年前。

之后的三十年，世界上也没有其他人研究碲基化合物的晶格结构。

枝丫到这里，全是分母，没有分子。

白教堂的"触手"就这么张在真空之中，抓不到任何有效信息。直到十天前，一串搜索记录忽地撞进它的捕猎网，"触手"触电般回缩，死死把猎物抓住。

分形晶格→分形结构内部的复制机制→粒子运动与能级的关系→分形晶格激发态在低能级处的复制过程

这一连串递进式搜索都来自同一个IP地址，但杰克不确定这是人搜的还是AI自动搜的。如果是AI，那主人设置的逻辑是什么？

接着，同一个IP地址又跳出下面一条搜索：

DNA聚合酶校准

是人！！！

但戛然而止，仿佛突然被人截断了头！

怎么回事？杰克又重启了白教堂，尝试运行历史……但和之前一样，搜索记录到这里戛然而止。

他看了眼时间戳，"DNA聚合酶校准"这最后一条搜索发生在4月3日16:03。紧接着，几乎刹那间，整条《一种具有分形晶格结构的碲基化合物》的枝丫被切除，破案率瞬超60%，白教堂把卷宗弹给杰克。

一身冷汗！

杰克怔在原地，好久缓不过来。

这和震荡没有关系，他清楚知道这一点。

他给白教堂设的逻辑是，一旦运算中断或数据包破损，就恢复成上一个版本，而不是删库。AI更不可能像人一样遗忘信息，信息对它们而言，就像被刻在石头上一样牢固，过去和现在的信息清晰度，只取决于人为给它们设置的取值权重。

所以，这根枝丫被切除，不可能是白教堂逻辑运算的结果。这么干脆、精准，只有一种可能——

人为狙击！

如触电般，他把全息眼镜猛地从脸上扯下来，有多远扔多远。

世界瞬间变成了乱糟糟的房间，杰克也变回了罗道。他抬起头，墙上的镜子里，一个脸色煞白的男人，满眼阴森。

镜子下面，摆着白教堂的主机，平日里，罗道从来没特地注意过它，可此时，一丝寒意从心底猝然升起，他这才发现，这主机多么像一个死者的牌位。

在这个世界，它只是块方板，而在另一个世界，它却是无处不在的幽灵。

罗道缓缓站起，抵抗着心底的恐惧，慢慢向主机靠近。他穿着黑色的衣服，身影映在主机精致的金属logo上，逐渐扭曲变形。最后，黑色填满了整个logo，拼出完整的两个字：

深凝

他凝视着它,语气中是难掩的颤抖:

"你……是谁?"

玖

"最后一个问题。"坐在姜和左边的老师问道,"你觉得,作为一名科研人员,最重要的能力是什么?"

她穿着一身剪裁得体的正装,端坐在三位复试老师对面。

"想象力。"

左右两位老师面面相觑,只有姜和,不动声色地嘴角上扬,在评分表上落下最后的分数。

她最终没有被F大录取。

姜和没有骗她,他给她打了高分,甚至指名要录取她做自己的研究生。他这种级别的教授,在学校里说话向来是一言九鼎。但校长塞了个推荐生给他,面子不能驳。姜和又努力申请一个额外名额,但复议时,老师们觉得她总分不高,本科学校排名也低,本身也拿不出什么特别耀眼的论文。姜和说不出非她不可的理由,最终申请没有通过。

她调剂回了S大——本科的母校。

放榜的那天,她一个人来到咖啡厅,点了杯拿铁,位置和那天一模一样。林俊琢不在,他公派去国外了,有时差,她不想打扰他。

但她没想到会在这里碰见姜和。

姜和给自己也点了杯拿铁,坐在她对面,他那天的位置。但两人都没有说话。

就这样,坐了一小时。

咖啡见底了,她起身准备离开。

"禾小玉,"姜和叫住她,"三年后,你来考我的博士生。你的石头,永远是你的石头。"

姜和的眼睛里有光,多年来照进禾小玉生命的第一缕光。

研究生信息采集的那天,她精心化了个妆,身上穿着面试时穿的那套正装。

照相机镜头里的女生,长着极为普通的一张脸,既不漂亮,也没什么突出特点,落人堆里是会被立刻淹没的存在。但她的眼睛……黑黢黢的眸子异常有神,仿佛蕴藏着一股洪流,能将一切阻碍冲破,将一切荆棘踏平,坚韧又倔强。那双眼睛里,有苦难的过去,更有未知的未来……

拾

"深凝"。杰克凝视着白教堂主机的logo。

整个房间的氛围都不一样了。房间里,仿佛不再只有罗道一个人,他变得透明,有人窥视他,那个人藏得很好,一点未露端倪。

不对……不是完全没有线索。那个IP地址!

那一连串的递进式搜索,来自同一个IP,这个IP指向了一个地址，一个真实世界存在着的地址——深凝公司的总部。

他匆忙从衣柜里翻出为数不多的干净的衣服，擦了把脸就出了门。总部距离他家并不远，开着那辆二手小破车半小时就能到。毕竟人类"移民"昆域后，大量的资本也撤离了旧世界，虽然官方一再辟谣，但城市扩张的脚步早在二十多年前就彻底停滞，现实世界随着人力和财力的转移，就像一个被抽离了精气的少女，肉眼可见地迅速干瘪了下去。

颓废，萧条，脏乱……五十年前末日废土电影里的场景差不多就是如今现实世界的真实写照。哦，不对，现实世界会更阴森一点，毕竟城市的上空被一层层管道笼罩得密不透风。那是很久以前热闹一时的无人飞梭的管道，但随着昆域的兴起，人们也不用这种交通工具了。无人飞梭没人坐，项目亏钱，人员解散，所有人两手一摊，再不管那满天的管道，任由风吹雨打，管道锈的锈，霉的霉，仿佛一层层垒在天上的危房。据说，当年运营无人飞梭的公司，就是深凝。

罗道绕了点路，躲过最密集的"危房"区。四十分钟后，他进入了深凝的地界。没有围墙，只有界碑。过了界碑，又开了十五分钟才到核心楼。说是楼，其实只有三层，占地面积还比不过他买车那家的停车场。他下了车，站在三层的深凝总部前。方圆十公里内空无一物，风刮过来，相当刺骨。

和他想象的不太一样。

当"DNA聚合酶校准"几个字蹦出来的时候，他就确定，对面不是AI，而是一个人。因为AI的每一步"思考"之间，都会有平滑的逻辑链作为过渡，换句话说，AI没有跳跃性思维。但显然，在"分形晶格激发态在低能级处的复制过程"和"DNA聚合酶校准"

之间没有过渡，逻辑链断了。

那个人，一定有他的逻辑，可惜人的思维，对元宇宙不透明。但这指向了一个可怕的方向，一个白教堂怎么也不可能联系起来的方向——"分形晶格"和"量子纠错"，这两根独立的枝丫间，有联系！

罗道追着IP地址而来，想象着站在地址前，就会看到人，那人会跑来跟他说：

"嘿！我就是你要找的人。"

可这儿连个鬼影子都没有。

他知道深凝公司在地下，那三层小楼其实只是下降的电梯间。这不是什么秘密，深凝的服务器承担着整个昆域八分之一的运算量，要令那庞大的超导量子计算机群要躲避电磁辐射、宇宙射线，特别是太阳周期性活动的干扰，整个公司就必须深埋。界碑之内，方圆十公里的地下，都是深凝的总部。

这是一头巨鲸。

而他这个所谓的猎人，手里却只有一根可笑的小鱼叉。

到底谁才是猎物？

窒息感！

罗道猛地跳回车里，头也不回地向外逃去，仿佛背后蛰伏的巨鲸正在苏醒……

"这里曾经有座桥。"

是缺少一座桥，一座在三十年前由于禾小玉没有芯片，而随着她的生物体大脑一起被燃尽的"桥"。

"DNA聚合酶校准"指向的是三十二年前她发过的一条状态，一条只对林俊琢的导师一人可见的状态：

怎么就没有一种类似DNA聚合酶的东西，像校对碱基配对一样，去校对量子计算的对错呢？

而"分形晶格激发态在低能级处的复制过程"指向的是三十一年前她那篇没有发表的小论文《一种具有分形晶格结构的碲基化合物》。

这两条枝丫都是闭环，彼此没有任何交集。三十年前的刑侦队没有发现联系，三十年后的白教堂也没有。而那个神秘人，到底是用什么样的逻辑链，把禾小玉身上两个不同时间的经历硬生生扯到了一起。他到底知道什么？

等下，刑侦队？吴浩？

一个急刹车，罗道的身子整个撞向方向盘。他刚才听到了什么……

"刚才那里，曾经有座桥的。"声音再次响起。

他没听错，车载收音机里传出的，是"吴浩"的声音！

"你说什么？"罗道对着收音机说。

"你开过了，车子倒回去一点。再倒回去……对！就这里！"

罗道按着"吴浩"的指示停在了一个位置，但在今天，此处地面上空无一物。

"三十年前，这里有座桥，在禾小玉遇害的时候，林俊琢就在这里。这里，就是他的不在场证明。"

这里离三层小楼有一定距离，罗道的心暂时放了下来，他下了车，审视起这片空地。三十年前的痕迹，早已荡然无存。

"桥呢？河呢？"

"桥拆了,河填了。桥的那一边,你刚才刹车的位置,三十年前,就是F大的旧址。"

"你是说,原来这里有座桥,连接着F大和深凝?"

"对!"

三十年岁月,拆了桥,填了河,当年的女孩,也已成了一抔黄土。那一切发生的时候,罗道还只是个婴儿。时间飞逝,当年意气风发的博士生林俊琢如果还活着,也俨然已是个花甲老人了。

"他在桥上干什么?和谁在一起吗?"

"没有别人,就他自己,一个人,他说……他在桥上看风景,不明白这儿有什么风景好看的。但桥头的监控拍到他,芯片定位也是他,他确实在桥上,嗯,看风景。"

这没什么好质疑的。监控加芯片,不论在哪个年代,都是铁证。

罗道环顾四周,努力找寻当年林俊琢眼里的风景……可惜一切早已物是人非。

"深凝最开始只是F大的校企,后来独立出去,但地缘上还是跟F大捆绑在一起,一河,两岸。直到二十年前,深凝拿下昆域的运营执照,要扩建地下机群,就把F大的地征了过来。F大搬走后,那河嘛,自然也就要填掉了。"

为什么,要建在这里?罗道没想明白。附近水网纵横,地下水位肯定很高,而这块地方地处主城附近,既远离电网基站,又不利于机器散热,看上去真不是个建机群中心的好地方。深凝要扩建,大可以另选块地方,为什么宁愿大费周章迁走F大,也一定要固守三十年前的总部旧址?

这时,"吴浩"像是猜中了罗道的疑惑,声音再次响起:

"因为,'石棺'在这里!"

"什么?!"罗道简直不敢相信自己的耳朵……

"石棺"——二十年前,整个昆域建立的基石。这个锚定了元宇宙真实性,让虚拟的信息自此拥有了物质背书,让昆域里的人真正成为独一无二的人,不可被抹去和篡改的"定海神针",此时,竟然,就在自己所站的这片土地正下方!

当年,"用物质锚定信息"这个概念一经提出,在科学界可谓是一石激起千层浪。至今,科学史学者还评价这个理论之于元宇宙的意义,不亚于"统一场论"之于理论物理学。

"'石棺'最初的研发工作,就是在F大,由它的提出人姜和教授带队进行的。后来,'石棺'初步成型,却由于其精密度和敏感性而难以移动。再后来,姜和与F大决定把'石棺'的成果捐给世界,由深凝代为管理。为了这根'定海神针'的稳定,F大整体搬迁,深凝则扩建,把'石棺'包进了它的地下实验室。哎……如果不是因为握着'石棺',深凝不可能赢下那场争夺运营执照的混战,并最终得到了整个世界的八分之一。"

再后来发生的事,罗道这么些年也略有耳闻,都发生在他记事之后。比如,最巅峰的时候,深凝公司的工地有一万名建筑工人,他们在这里扎根繁衍,以至于在浦郊形成了一个全新的卫星城。比如,给那块"石头"定名的时候,有人建议叫"姜氏神针",也有人提议干脆叫"和氏璧"。结果姜和力排众议,定下名字叫"石棺"。再比如,姜和因为"石棺"的发明而被提名诺贝尔物理学奖,可他却放弃了毫无悬念的获奖,原因至今都是个谜。

天色向晚,灰蒙的天空下一片旷远萧瑟。罗道站在车旁,一人一车,犹如海角之外不知所处的孤帆。他无法想象,过去几十年间,在这片土地上曾演绎过那么多的波澜壮阔；更无法想象，亭台楼阁、莺歌燕舞都最终归于了寂灭。仿佛他是一个以光速出航的宇航员，再回家，已是亿万年后，世界沧海桑田，人与文明早已风化，成了云烟，没留下一丝痕迹。

突然间，他想挽留点什么，"这里在过去，叫什么名字？"

"河叫杨树河，桥叫太平桥。"

"我能问最后一个问题吗？"

"你说。"

"这后来的一切，姜和、深凝、'石棺'……三十年前就被断网的'吴浩'，你是怎么知道的？"

拾壹

"深凝？"

"对，深凝。"

一个漂亮的logo贴在电脑页面的顶端，网页也做得很有质感。网页本就是高科技公司的名片。

电脑是用林俊琢的钱买的，他有奖学金，也有博士生津贴。他其实给了她更多的钱，让她买台电脑，再去种下芯片。她买了台便宜的电脑，却把剩下的钱还给了他。

"为什么不种芯片？"他问。

林俊琢公派了一年，临行，那边问他要不要留下的时候，他脑海里想到的是禾小玉，所以选择了回来。他喜欢她的灵气，也喜欢她与众不同的忧郁，但那种时不时冒出来的莫名其妙的固执，又让他有点恼火。所以他把深凝的录用邀请函给她看——他也可以留校，待在象牙塔里，跟着导师继续搞科研，但他选择毕业后去外头打拼，从头开始，闯自己的天地，只是为了给她更好的未来。

他把心剖出来给她看，那她不应该有所表示吗？种下芯片，敛去缺陷，融入这个社会，才能有更好的学习机会、工作机会，这是为了她的未来，也是他们的未来。

"我有我的原因。"

她已经藏了太多的秘密，在他面前。她和他到底是怎么认识的，她那个思想实验的陷阱，她和姜和的交易，以及，她到底为什么不种芯片。

那天，激光定位到她手臂的时候，凝成了一个血红的点。她看着那个点，第一次那么认真地审视自己的皮肤。其实有一点点黑，常年下地帮父亲劳作，日晒雨淋的，肤质是比同龄的城里人粗糙了那么一点点。

整个"进化"过程，仅需十分钟。只要十分钟，她就可以获得成为两栖人的资格，穿过石墙，改变认知，成为另一边的羊。石墙密不透风，原来的那头，便和自己再也没有关系了——不同的语言，不同的认知，不同的文明，不同的……物种……

"你从小和他们生活的环境不一样，很多鸿沟是潜移默化出来的。"看着激光定位的点，她脑海里冒出的是父亲的这句话。

那时她才领悟，所谓鸿沟的巨大，不是指你跨不过去，而是即使你的今天和明天跨过了，你的昨天也终有一部分，会永远地留在对岸。你呱呱坠地的地方，你感受到的第一缕阳光，你背上的第一个书包，你的苦难，你的无奈，你麻木的父亲，你耕作的土地……

那些以前你拼命想要抛开的东西，其实早已浸润在血液里，那是你的过去，你人生的一部分，不可篡改，不可抹去。

那是你，之所以是你。

看着录用邀请函，看着耀眼的林俊琢，离乡五年多了，禾小玉从未像现在这般想回去看看，看看自己丑陋的玫瑰树根。

那天她走在阔别已久的乡间，道路依旧不平整，拉杆箱被颠得嘎吱作响。这响声对这穷乡僻壤而言是那么陌生，却又那么新奇。她一路走回家，全村的耳朵也跟着她一路回了家，比村支书家的大喇叭还管用。

上次回来，谁都知道是因为奶奶去世，那这次回来是为什么？在城里待不下去了？被学校开除了？被那个有市长做老子的男人抛弃了？

她其实一直没弄明白，林俊琢什么时候成了市长家儿子？他父亲明明只是个普通的公务员。但事实飞了几千里地，被那么多人的口水涮过，就变了味道。

她考上了大学，进了大城市，见了世面，再给她编排个市长儿子做男人，那不就成凤凰了吗？说她是凤凰，不是因为盼她成凤凰，而是凤凰稀奇，填充进擀面剥蒜打毛衣时的谈资里，够嚼好多年不褪味道。等味道真的淡了，他们又可以说，欸，都说一人得道，鸡犬升天，那怎么没带自个儿升个天？所以她不是真凤凰，既然不是，那即使飞出去，也飞不高，飞不远，要跌下来的。被学校开除，被男人抛弃，城里待不下去，就会回来。看吧，现在回来了，灰头土脸。做人啊，还得掂掂自己几斤几两。

她到家，关了门，闲言碎语却从门的各个缝隙往里头挤。

家里还是老样子，和她走时一样。从小到大的奖状贴在已剥落了半面的墙皮上，形如补丁。她一张张看过去，仿佛在一点点刨掘自己的树根。

小学四年级她才有了第一张"优秀学生"的奖状，她回家小心翼翼地把奖状贴在墙皮上，那时墙还没有开裂。

五年级有了第一张"三好学生"的奖状，那年有个好光景，麦子丰收，她指挥父亲把奖状贴在"优秀学生"的上边，相信自己和整个家都会越来越好。

刚上初中时，合作社的麦种换了供应商，种出来的麦子连合作社自己都不肯收。父亲只能去县里做棒棒儿，卖体力，家里的田撂给了她，她休学半年，功课一落千丈，那年没有得奖状。

上着上着，奶奶当掉自己陪嫁的银镯子给她交学费。奶奶握着她的手，说："小玉啊，好好读书，像你爸爸一样考上大学，将来才有出路。"禾小玉看着奶奶，知道她这么说不是开明，只是因为理念还停留在她年轻的时候，那个孩子们还在削尖了脑袋考大学的年代。

后来，她又拿到了"三好学生"的奖状，指挥父亲把奖状贴得更高的时候，墙上掉下来了第一块墙皮，父亲也闪了腰。他没能把奖状贴到更高的位置，于是捂着腰不好意思地朝她笑笑，这时她注意到了父亲鬓角的第一缕白发。

县高要住校，学费也贵，村里的孩子都去了职高，她没多想，随波逐流也去了职高。评奖的时候，她发现这里没有"三好"和"优秀"，只有"职业技能标兵"。改了名字，是让你提早明白自己的位置，看清将来的路。她按部就班地拿了标兵，往墙上贴奖状的时候，不知为什么，心里升起了一丝失落。

学校配备了一批电脑。那是7G网络商用化后不久，交通工具从地上的私人汽车变成了天上的公用飞梭,飞梭制造业骤然崛起,人力缺口大,劳务公司想提前抢人,就给职高援助了批旧电脑。她还记得手指第一次触碰键盘的感觉,她按了几下,电脑就蹦出了"禾小玉"三个字。电脑来自外面的世界,于是她以为外面的世界像这台电脑一样,只要有输入,就会有输出,只要努力了,就会有回报。

她也想要一台电脑,于是农忙的时候,帮人家割麦子,跟父亲去集市的时候,帮人家做小工。她攒了一点钱,去二手店搬回了一台比她年纪还大的电脑。她后来才知道,她打的这些工根本赚不了那么多钱,是父亲悄悄塞给雇主的。

听着父亲哼唱二十年前的流行歌,她坐在变成"砖"的电脑前对自己说:"要出去!去大城市上大学。"那年,她没有拿奖状,因为她再也不需要了。

每段经历,不论甘苦,都是成长的养料。

那台"砖"还在原来的位置,一尘不染。她坐在曾经自己每天晚上都会坐的位置,望着大门。

门后,影影绰绰,仿佛有一群野兽在窥伺。

上大学的时候,她曾去过城里的自然博物馆,有一面墙上,钉满了各种动物的骸骨。从脊椎动物,到哺乳动物,到灵长类动物,各种猿,一直到各种人类。它们没有皮肉,只有最纯粹的骸骨,白花花的,撑满了参观者的整个眼帘。她跟着同学们一路参观,走到这面墙的时候,她停了下来,坐在墙前的长凳上,看着这面墙,一整个下午。

那么多不同的物种,天上飞的、地上跑的、南半球的、北半球的,不同的门、纲、目、科、属、种……可被剥去皮肉后,形骸竟那般惊人地相似。它们明明都在同一条演化链上，身上有着百分之九十以上相同的基因，却彼此猎食，彼此灭绝。

就像文明。

那些躲在门后伸头伸脑，想看她笑话，想折断她"翅膀"的人，身上都残留着上一段文明的影子。

她坐在堂屋的暗处，看着他们，也看着它们。

门外的人、墙上的骨，都是演化之树的树根，也是她自己的树根，是她的来处，是她的成因。

于是她站起身，走过去，打开门，让自己暴露于他们的目光之下，却报以微笑，灿烂的微笑。她厌恶的，其实不是这群人，而是这群人身上洗不去的残影。

物种和文明，都自过去演化而来，也必将向未来演化而去。所以，石墙不会只有一道！今天隔绝的是原人和两栖人，那明天呢？

"你为什么不种芯片？"林俊琢问她。

她的过去，不该被一道石墙隔断，她的未来，更不该被一道石墙框死。在这世上可贵的，不是富有，也不是某种认知，而是你理解了所有认知，却清醒地保持自我的那份坚持。

拾贰

"你是谁？"

此时一串数字出现在车载屏幕上，罗道认出，这种编码规则指向的是一个"告解室"的地址。

他踩下油门，一路飙回了家。

"告解室"是个加密空间，昆域的人在里头会面，可互相隐藏身份，也对"告解室"外的人匿踪。这显然对他不公平，但他是个猎人，向来对线人的"隐身"要求见怪不怪。

难道这也是个线人？

家里白教堂的主机处于开机状态，罗道很生气，仿佛被扒光了衣服任人看一样毫无隐私可言。

他戴上全息眼镜，眼前出现了一个正在喝咖啡的女人，而白教堂的虚拟形象正像个狗腿子一样端着糕点在旁侍奉。

果然是被入侵了，还这么嚣张。

"你到底是谁？"杰克很生气。

"我知道你在查一个九昆币的案子。"那女人开了口，她给自己设了个猎豹的皮肤，整个人虽然看似坐在椅子上，但样子很别扭，杰克猜她实际坐在地上。至于她本人是男是女，杰克不确定。

"我也很好奇，为什么一个九昆币的案子越查越迷糊，还引来一些莫名其妙的人。这个案子，和深凝有什么关系？你又和深凝是什么关系？"

她在掩饰，她给自己安排了张桌子，还有椅子，让自己看上去行为举止更像个两栖人，但毫无疑问，她让白教堂安排的咖啡和糕点都是需要高级感官功能才能解锁的品种，再加上她的坐姿，杰克断定，这不是个习惯双脚着地生活的人。

她是个数人！

杰克还在研究眼前的女人，"告解室"的海滨背景却突然出现了大块的像素缺失，整个世界像被凶兽的爪子划破般，开始大片大片地剥落。"蓝天"裂成了十几块，AI正在努力修复，一会儿"蓝天"，一会儿"黑夜",蓝黑切换,分秒间如交缠的斗龙般此消彼长。恰在此时,一阵骤亮撞进"告解室"的裂隙,现身成一辆车的形状,直挺挺地朝她冲去。

"小心!"

猎豹皮肤的女人突然一跃而起,在空中翻了个跟头,飞车从她身下穿过,对着另一头的裂隙冲出了"告解室"。

"唔……刚才好险。"她悬浮在半空,头顶的ID像个霓虹灯一样惹人眼球,明晃晃亮着三个字:

妫风蛇

果然是个数人!

这时候轮到杰克跷着二郎腿抱着手臂,像观赏一个被扒光了衣服的小丑一样观赏她了。

她似乎一时还没反应过来,看着破裂的天顶,才恍然大悟。

"哈!藏了个寂寞。"她慢慢从半空飘下来,直到和杰克视线齐平,但仍然是飘着。数人一般使用人鱼皮肤,此时那身猎豹装扮套在她悬浮的身形上,特别违和。

"重新认识一下。你好,我叫妫风蛇。""告解室"一破,身份就无法匿藏,还不如大方承认。

"你好,我叫杰克。杰克·道尔。"

"很高兴认识你,罗道。"她一点也不客气。昆域是数人唯一的世界,所以ID就是真名,而两栖人穿梭于两个世界,可以起各种各样的昆域名。这时他说自己叫杰克,就显得不真诚了。

"白教堂,再给主人们弄点咖啡来!"她高声使唤,顺便露了个柴郡猫的表情以示挑衅。

杰克的心却放下来大半，对方似乎不是个危险人物。

妫，上古八大姓之一，到今天，是昆域八大姓之一。昆域的运营执照确权在八家公司手里，这八家公司自行繁衍出的数人就冠以八姓之一。"妫"对应的公司，正是深凝。

"你是深凝的人？"

"我是深凝的科学家。"她的表情一直切换着，柴郡猫、叮当猫、机器猫、大脸猫……

杰克查出这个ID才生效了十六年，她还是个孩子，十六岁。但她说自己是科学家，倒没什么问题。八家公司自行繁衍数人，也负责对他们进行教育。接入了感官神经的数人，对知识有更直观的认识，十五岁就拿到博士学位的不在少数。这也是种族主义者叫嚣数人比两栖人更优秀的论据。

"为什么入侵白教堂？"

这时妫风蛇突然敛起五彩缤纷的表情，露出了一张常人的面孔，她靠近杰克，窃窃说道："禾小玉的案子，有问题。"

她搭上杰克的肩膀，"去我家。"

她的家，建在"海边"，那是栋双层的东南亚风格别墅。数人在昆域的家，才是两栖人眼中真正的家的样子，有床，有躺椅……但真实世界中，他们的本体自出生就一直被装在一个圆形的磁舱里。磁舱内壁有磁导轨，和数人身上的磁衣相互作用，能让他们在昆域里做出各种高难度动作。爬、走、跑、跳样样不在话下，且因为磁性吸力，数人最喜欢的"行走"方式，是飞。在两栖人眼里，数人双脚不着地。这种差异直接导致了数人的城市没有引力。昆域开放了二十年，数人和两栖人在昆域中因为"身体构造"的不同，逐渐分裂成了两个不同的社会。杰克从未想过，这辈子会和数人产生什么交集。

"你在深凝研究什么？为什么会盯上禾小玉的案子？"

"量子纠错。"

这是林俊琢的专业。

"这么多年过去了，还在纠错？"

妫风蛇像看怪物一样盯着杰克——果然隔行如隔山。

"昆域要升级成2.0版本，超导计算机的量子位就必须冲过一百万这道槛。这么多年冲不过，就是因为保真度一直跟不上。你说，量子纠错有没有存在的必要？"

昆域2.0，这在两栖人的世界是个很陌生的概念。不是理解不了，是没有必要。如今昆域1.0版本，开放的是虚拟世界和感官的交互，比如数人不需要眼镜就能"看见"昆域，因为图像是直接投射到数人视网膜上的。但不论是用眼镜，还是用视网膜，"看"这个动作，都要通过眼睛这个器官。可昆域2.0不同，在那个世界，不再需要眼睛作为中转，图像可以直接作用于大脑皮层。换句话说，那里的"人"，就只是个脑子。

那是两栖人不想理解，也接受不了的概念。不论他们是否大部分时间都在昆域生活，也不论真实的世界如今是多么破败不堪，但那是他们的根，是他们来的地方，是他们割舍不断的过去。

但这不妨碍大量资本涌入2.0版本的开发领域，一如当年资本抛弃真实世界，蜂拥而入昆域1.0时的样子。

"所以，你是因为林俊琢才盯上这个案子的？"

妫风蛇摇了摇头，兀自飘到书架上翻找着什么。

"我所在的团队虽然是研究量子纠错，但量子纠错也有很多种原理分支，每个分支都有不同公司的不同团队在研究。说白了，这是一场事关生死的赛跑。"

"跑赢的奖品就是昆域2.0？"

"Bingo！昆域2.0要接入人的脑神经，但脑神经多么复杂啊。我打这么个比方，人的感觉器官，就像是两个大国之间的和事佬，大国要比武，这和事佬就搭了个马球台，让双方各派小兵去切磋切磋，所以千级量子位的计算机就可以应付了。但突然一天，这和事佬挂了，两个大国之间硬生生要爆发直接冲突。脑子国派出的是数以亿计的神经元，那量子国，再用千位昆比特级的量子计算机肯定扛不住啊，非得派个百万量子位的计算机才能势均力敌。"

"那为什么非得接入脑神经呢？"

妫风蛇又像看个怪物一样看着杰克，"你怎么不问世界为什么要发展，物种为什么要进化，今天为什么会过去，明天为什么会到来……"

杰克被问得哑口无言，他习惯性地拿起杯子，却发现这是在数人家，数人的咖啡他喝不出味道。他只好放下杯子，又问："你在找什么？"

"刚说到哪儿了？哦！量子纠错。量子纠错有很多种方法，现在世界上大部分团队都在研究如何用算法去解决这个问题，比如用多个量子位去做同一个运算，或者用一个量子位去多算几次，结果取多数的那个为准。但我们团队另辟蹊径，觉得微观世界的错误，应该用微观的手段去解决。"

"什么意思？"

"保真度为什么难提高？因为对处于叠加态的微观准粒子而言，太多干扰因素会引起它的退相干。热噪声、辐射、量子涨落……那些因素都是微观层面的，人用设备和算法很难将其根除。根本原因和量子力学的'测不准原理'是一样的，理论物理停滞不前，人们弄不清基本粒子的本质。但我们想了个退而求其次的方法——微观和宏观，其实是相对概念，基本粒子是微观的，但和它对应的宏观，并不一定指人认定的大小，也可以是指病菌范畴的那个大小。造成退相干的'病菌'入侵了量子计算机的核心'大脑'，而我们要建一道屏障，你觉得这个像什么？"

"血脑屏障？"

"Bingo！我们团队在研发的，就是量子计算机的'血脑屏障'，把造成退相干的因素，挡在量子位之外。"

杰克狐疑地看着妫风蛇。这个把生物学概念引入量子计算领域的操作，为什么听上去那么似曾相识？

妫风蛇看穿了杰克的想法，"欸，你可别污蔑我啊，到这里为止，这些想法都是原创的，可没剽窃谁。后来，我们很快就在实验里证得，致密排列的简并态电子层可以形成这道屏障。接着，我们选了几十种化合物，做了上百次实验，目的就是找到一种在基态→激发态→基态的循环过程中，能长时间保持稳定，且在各个能级上晶格结构不变的超导材料，去制成新的约瑟夫森结[1]。如果做成了，这相当于在原始的约瑟夫森结最外层套上了一个简并态的电子层，形成的微观级别的保护腔能把昆比特最脆弱的部分围在里面，隔绝外界噪声。"她回头看了一眼杰克，"听懂了吗？"

杰克迷茫地摇了摇头。

"哎……就是说，我们想找一种具有稳定分形结构的超导材

---

1. 约瑟夫森结是超导量子技术的核心元件，极易受到外界噪声的干扰。

料。"突然，一圈五彩霓虹亮起，妫风蛇大呼，"找到啦！"

她飘到杰克面前，递给他一沓"稿纸"。

只一眼，便是一击惊雷！

"稿纸"的首页，是一封邮件的打印稿，邮件标题赫然印着《一种具有分形晶格结构的碲基化合物》，发送时间是2043年10月，发件人是禾小玉，而收件人，却不是她的硕导，也不是林俊琢。

也就是说，禾小玉曾在2043年10月将这篇论文发给过第三个人！可白教堂却没有爬出来这条线索？

"这不可能！"杰克脱口而出，"她一个学生，三十年前能用什么高超的算法去加密邮件，以至于三十年后的量子计算机都爬不出来？她甚至都不是计算机专业的。"

妫风蛇很满意杰克的表情，嘚瑟地把那沓"稿纸"从他僵住的手中抽出，"别说你训练的白教堂了。我拿到这篇文章后，也去爬了禾小玉的信息，结果是一样的。你知道我用的是什么吗？深凝的超级超导量子计算机，还处于研发阶段的实验机，三十万量子位的，居然也没有爬出来。这只有一种可能……"

杰克有点蒙了，妫风蛇的话信息量很大，现在科学界竟已经研发出三十万量子位的计算机了？可他上一秒还以为现在是五万量子位的时代。

"唯一的可能——禾小玉当年根本就没有加密。换句话说，我们之所以爬不出来，不是因为房间上了锁，而是有人把房间整个夷平了。"

"你是说，三十年前，有人在深网上把这封邮件的收发记录完全抹除了？"

妫风蛇点了点头。

"那你怎么得到的这个?"杰克指了指她手中的"稿纸","Susana又是谁?"

"别急,你听我说。我们试验了很多化合物,都没有找到哪种具有完美的分形结构。到这里为止,我们的研究和禾小玉没有任何交集,我也不知道世上曾存在过她这个人。然后,因为我们是研究机构,一旦有成果是要给期刊投稿的。几百次实验中,我们难免发现其他化合物的一些特性,有些甚至很重磅,虽然和目标无关,但不影响发论文啊。Susana是深凝在《自然》杂志的对接人,审稿过程中,我跟她提了我们的目的,然后然后然后……"

妫风蛇说到激动处,柴郡猫、叮当猫、机器猫、大脸猫那些特效又开始五彩缤纷地显现出来。

"然后Susana就把禾小玉当年的论文给你看了?能这样?"

"没发表、授权的论文,理论上不能,但谁让禾小玉都失联三十年了。别看Susana现在是《自然》杂志的资深编辑,三十年前,她还只是个实习生。那段时间,她负责谭翼团队和《自然》对接的助理工作。谭翼,就是林俊琢的博导。是林俊琢把Susana介绍给禾小玉的。当年,禾小玉应该是抱着试试看的态度,想让她帮忙看看文章水平在什么层次,收件邮箱甚至只是Susana的私人邮箱。所以十几天前,当Susana得知我在找具有分形晶格的化合物时,马上就想起来三十年前的那篇小论文。看到她拿给我的是'纸质版',我也很惊讶,问她为什么,她说她去搜电子稿的时候,什么都没搜出来,不仅如此,那段时间与禾小玉的所有往来邮件也一并消失了,仿佛禾小玉和《一种具有分形晶格结构的碲基化合物》这篇文章,从来没有在她生命里存在过。如果不是当年她为了看稿方便,把邮件和文章打印了下来,她真的会怀疑自己记忆出了错。"

不知为什么，杰克此时想到的，是"石棺"。若没有那份纸质的稿件锚定了现实，Susana会怀疑禾小玉从来没有存在过吧。

"她后来试着联系禾小玉，却再没联系上，这篇文章的审稿也就搁置了。再想起这篇文章，已是三十年后。她翻邮箱，想给我和禾小玉做个引荐，说不定还能搭建合作。然后就发现，当年关于禾小玉的所有痕迹都消失了。但至此，我和她都没有把这个疑点放心上，我们都以为，这只是时间过去太久，电脑程序出了错而已。"

她继续道："可我好奇禾小玉这个人啊！一篇文章的输出信息有限，我要看她在这个课题上的其他研究。"

"然后就发现，她已经死了三十年了。"杰克的语气里流露出惋惜。

"对！还是被谋杀！"

妫风蛇能爬到这些信息并不奇怪，虽说案子被封存在刑侦系统内网里，但什么加密系统也防不住一台超出这个时代二十五万量子位的计算机的攻击。

"所以你就好奇谁杀了她？你就入侵白教堂？就拿我当猎犬？"

"欸，我可真没这么聪明哦，我根本不知道有冷案猎人这个行当，是你的白教堂自己送上门来了。那天，我本来在搜关于分形晶格的信息……"

杰克想起，4月3日那天，包含分形晶格激发态在低能级处的复制过程在内的一连串搜索记录被白教堂追踪到了。

"我所有的搜索，都是在超级超导量子计算机上进行，我的研究属于商业机密，所以加了匿踪保护，本来白教堂那种AI根本不可能追踪得上，但坏就坏在……哦不，好就好在，那天的'震荡'干扰了我计算机的加密系统，有半小时，我在昆域的行踪近乎裸奔。"

"于是就被白教堂咬上了。"

"对!加密系统修复后,计算机发现有人在追踪我,对我发出警报。那我得看看到底是哪路不速之客啊,却没想到,居然是个民用小AI……"

"可白教堂也是匿踪的,即便超级计算机发现它的存在,也没那么容易定位它。"

"对!你家白教堂就像只小傻羊一样,在有狼的林子里叫了一声。但声音传到这里,狼只知道林子里有只小傻羊,却没法定位。要定位,就只能让小傻羊再叫一声。"

"DNA聚合酶校准?"

"Bingo!我其实不知道自己为什么被追踪,禾小玉的案子只是尝试的一个方向而已。我故意撤掉了计算机的匿踪保护,从案子的数据包里随便选了条信息扔过去。当时后台的捕猎程序已经设好,一旦有鱼咬钩,就反向攻回去。结果,就把你,钓进了这个案子。"

拾叁

石棉县的特色——这里有全世界唯一的碲元素独立矿床。碲,元素符号Te,它的英文名为tellurium,有大地的意思。

一转眼,硕士生涯就快过去三分之一,明年十二月的时候,F大就会公布新一年的博士招生方案,到时有很多材料要提交,禾小玉知道其中有一项是拟申请的研究方向和导师。导师她没有犹疑,一定会填姜和,但届时,站在他面前的还是三年前的那个禾小玉吗?不,她想让他看到自己的成长。算了算,留给她研究"石头"的时间只剩不到十九个月了,这期间还要备考笔试。所以,硕士论文得早做准备。

一年前第一次看到她硕导的时候,她想到了父亲——同样的保守和按部就班,只不过是在各自的圈层。硕导的研究课题永远保守又过时,因为他更善于去验证而不是开拓性地提出问题。他机械地保持着固定的发文频率,职称的评定也如蜗牛爬般缓慢,年近六十五了才熬成教授。他就像是一个自旋为二分之一的费米子,别人旋转360°就能完成的事情,他得转720°。

但他对禾小玉很客气,像待客人一样客气,这里面有多少是冲着林俊琢背后的谭翼的面子,她不知道。

那几年,全世界的学术界都弥漫着一种紧张感。科研应是一种长跑,但只要进了元宇宙这个生态圈,每分每秒都仿佛在历经百米赛跑的最后冲刺。

2038年6月,G公司研发出第一台突破一万量子位超导计算机的消息,仿佛是打响了元宇宙科技争霸战的发令枪。之后仅仅五年的时间,通用芯片、常温超导材料、数字孪生、量子纠错、红外波段通信、激光宽带……各个细分领域齐头并进,无数新兴公司如雨后春笋般冒出,继而又在一轮又一轮的物竞天择、兼并优化后,逐渐消失。

这是科研领域的战国时代,重新划定的,是未来世界的权力格局。

没有深凝,对吗?

这时候,深凝在做什么?

再往前推十年，2028年，深凝还只是个在智能家居的红海里苦苦挣扎的小企业，年年亏损，入不敷出，F大像甩包袱一样把它卖给一位校友，自此深凝从F大独立。这位校友想：智能家居的各个设备都是独立运行的，我得一个个去设模式，再一个个去控制设备，太麻烦了，为什么不能造一个中控AI，让它去学习我的习惯喜好，替我做决定去控制一个个分散的设备呢？就这样，五年时间，深凝从智能家居的边缘企业，转型成了专门做AI训练的核心公司。

到了2035年，7G网络开始商用，城市突然像有了意识一样变得智能，所有的公用资源接入网络，都可以应人的需求做快速应答。于是无人驾驶飞梭替代公用、私人汽车，成为最常见的交通工具。但如何智能地调度，才能最高效地分配飞梭，这是个复杂问题。而寻找复杂问题的最优解，恰是AI擅长的。于是独立出来的十年后，2038年，深凝开始承接政府项目，成为管道飞梭的运营商。就是这个过程，让深凝开始接触量子计算机。

这时候，禾小玉在做什么？

S大，宁静得像个与世隔绝的桃源，它的科研能力不足以让它闯入元宇宙赛道，于是只能在这波浪潮外，做个看客。这也是科研圈的生态。但S大和深凝在同一个行政区，于是区政府牵了个线，把优化飞梭外壳磁性涂层的任务派给了S大，最终落到了禾小玉的硕导头上。于是整个团队开始按部就班地制作、测试各种纳米磁性材料。

模型的设计、演算十分耗心力，但实验的操作更枯燥无味，何况实验这样的初级工作，要更多地由团队最底层的硕士研究生去承担。她几乎比别人多花了一倍的时间待在实验室里，并非因为缺失芯片的障碍，而是她想早点完成硕士学位论文，早点转向"石头"

的研究。

那段时间,她设计了很多化合物的模型,调整浓度参数,模拟磁性效果。先期这些都是在电脑和纸上完成的,等真的发现了一些具有潜力的化合物,才进行实验检验。有一天,她在模型演算过程中推导出了一种碲化物的奇异特性。

石棉,她的家乡,拥有世界上唯一的碲元素独立矿床。那天,林俊琢给她看深凝的录用邀请函,对她许诺着未来,可她却想到了自己的过去,突然想回家看看。

她打开大门,对门外的村民报以灿烂的笑容,这笑容,犹如刺目的光,将那些藏在角落里的污垢逼得无处遁形。人们纷纷为她让开了路,这时,她看见匆匆赶回来的父亲,和他满头的白发。

她也想亲眼去看看碲矿。矿区在一个叫大水沟的地方,从她家到那儿还得再翻过五座山头。那天,她天不亮就起来,去大渡河旁边的省道上等冶金公司的车。她没有对司机说自己是本地人,只是给他看了S大的学生证,其他的靠司机自己想象。一路上,司机用蹩脚的普通话努力和她攀谈,想套她是哪个单位安排下来的领导,千里迢迢到这儿来指导什么工作等等。这种神秘感能给她增加一些便利,毕竟她现在的身份是大城市来的知识分子。相反,一旦泄露了她是本地人,波函数坍塌,她就只是哪个乡哪个村哪个组哪户人家的幺妹。

矿是二十世纪九十年代发现的,那之后就接二连三来了很多考察团,石棉县也跟着热闹了一阵。至今国家博物馆还收藏着一块九十千克的碲矿原石。其实凝聚态物理不是地质学,不需要实地考察,想要什么元素,把采购清单给实验室助理,都能买到。但实验室里的碲,就只是碲。

那天,她看着眼前的玻璃皿,里面躺着银色的碲单晶碎块,很漂亮,有着工业提纯后标准化的美。可这不是物理学的美,不是自然和宇宙的美。仿佛蕴含着混沌之力的魔盒,一朝被打开,波函数坍塌,万千种磅礴的造化,只留下了一块单薄的碲锭。

所以她想回去看看,看看宇宙原初混沌的样子,看看未被发掘的无限可能,看看它为什么是它。

那天快结束的时候,她踱步到矿山的脚下,潺潺的细流从山上流下,聚作一条小溪,汇向大渡河。溪流流过的地方,有一小块被侵蚀出的水中之渚。水渚之上,她看到了一小片,野麦田。

拾肆

妫风蛇脸的边缘突然出现了毛刺,仿佛失焦般,正变得模糊。杰克以为自己出现了幻觉。

"你的脸!"

妫风蛇却异常地平静,但脸上一闪而过的哀伤却逃不过杰克的眼睛。

"你怎么了?"

"不是我,是她,"她停滞了一下,"我那本体……住的地方,磁舱,离公司太近了。"

杰克突然醒悟过来她指的是什么。

流言,不只是流言。

"官方说,所谓的'震荡',是由太阳周期性活动导致的。根本不是?"

妫风蛇没有回答。

"是你们在做实验对吗?就像浅源地震,很有可能是核试验。"杰克穷追猛打,"你们所谓的脑神经接入……你们已经实现的三十万量子位计算机和脑神经之间的对接,需要强大的算力,能耗更难以想象。深凝的实验室,在抢夺这座城市的电力是不是?"

妫风蛇依然没有回答,沉默如"吴浩"那个数据包。

"可承担了八分之一载荷的计算机机群在这儿!'石棺'也在这儿!你们不怕昆域崩溃吗?"

"怕!"仿佛注入了一股力量,她死盯着杰克的眼睛,"那又能怎样?你以为只有深凝在进行这可怕的实验吗?八家公司,还有其他觊觎执照的那多如牛毛的人,他们已经在昆域2.0上投入了多少你知道吗?这就是一场战争,你以为谁输得起吗?"

"可这昆域,不是八家公司的私产,更不是任何人的私产,这是一整个世界!你们的所作所为,威胁到了这世界上的每个人啊!"

"你以为他们在乎吗?"

"那你呢?你不是那个公司,你是有血有肉有感情的个体,昆域里有那么多你的同胞,你却坐视它的崩溃?"

"我没有!"妫风蛇的眼中已噙满了泪水,跟刚与杰克接触时傲慢的她判若两人。她的眼神,突然令他想起一个人——禾小玉。

她的渴望……

"她身上有你要的东西对不对?却不是那篇论文。"他突然明白了些什么,"当发现禾小玉已死,正常人会结束对她的好奇,甚至为可以独占她那篇论文的成果而感到庆幸。可你没有。看她案件的卷宗，可以理解成最初的好奇；狙击白教堂，也勉强算'震荡'导致的意外。那后来呢？为什么冒充'吴浩'来找我？你明明可以匿踪，拿着分形晶格的成果继续你的研究，那才是你作为一个科研人的本职。可你不惜暴露自己，也一定要破解禾小玉的死亡之谜。你有其他目的……还是你发现了什么，更重要的东西？"

妫风蛇叹了口气，从书架上取了一个东西递给了杰克。

那是一本"书"，封面上印着七个硕大的宋体字"马约拉纳费米子"，"扉页"之下，隐隐有个长条状的洞。上次触碰它时，杰克想到了《肖申克的救赎》里那柄鹤嘴锄。

"如果我猜得没错，她的死，和这本书，和这本书里藏的东西有关。"

而她接下去吐出的字，彻底颠覆了杰克的认知。

"禾小玉她，有可能，找到了'圣杯'。"

拾伍

它就在那里，只是从未被发现。

2043年5月10日黄昏，禾小玉在大水沟山脚的沙渚上，看到一片野麦田。

余光刚瞥见的时候，她甚至怀疑这到底是不是麦子。怎么会有麦子长成那样的形状？

她上前，折下一根麦穗，细细观察。野麦刚至灌浆期，整棵植株还泛着嫩嫩的青色，但麦穗已经初具形状，看上去，竟是六角的蜂窝状，而且和普通麦穗双侧结粒的结构不同——这野麦穗更像一个饱满的果实，里面包裹的每颗籽粒，也都是六角蜂窝状。

分形结构的麦子？

禾小玉对麦子和周围的土壤取样，带回了S大的实验室。她很快发现，在土壤和麦穗植株中都含有一种特殊的碲基化合物，这种化合物具有严格的蜂窝分形结构，对能量的利用和分配效率极高，且在各个能级上，晶格都保持着稳定的分形结构。

她把成果写成论文，发给了导师和林俊琢。

那段时间，量子计算领域的竞争进入白热化。林俊琢他们团队夜以继日地攻克一个又一个难题，不断刷新着保真度和相干时间的世界纪录。最紧张的几个月，林俊琢甚至直接睡在实验室。但即便如此，几大期刊的审稿速度甚至赶不上纪录的突破速度。往往一篇文章还在走流程，数据就被世界另一头的同行刷新。

所以当林俊琢百忙之中看了她的文章，然后二话不说，直接把负责对接他团队和《自然》杂志的Susana介绍给她时，她红了眼眶。

"你注意身体，别太辛苦。"其实想说的话不止这些，其实她想给他更多的温暖，可不知为何，话到嘴边，就变得索然无味。

但林俊琢什么也没说，瘦了一圈的脸上仍然挂着只对她展露的暖笑。

"那个，我周末有空的时候，给你做点吃的。"临走时，她脱口而出，这时候她才发现，自己的心会疼，自己是在意林俊琢的。

导师和Susana都还没反馈，这段时间她无所事事，研究经费还有一点，她打算回去再看看那片释放了她想象力的麦田。

当时的她不会知道，这第二次麦田之行，会让她的命运发生彻底的转变。

那时是2043年10月,她的生命还剩不到五个月。

她走上省道,坐进冶金公司的车,没有去碲矿,而是直接下了山。中午开始下雨,她没带伞,只能躲在山岩下等雨停,可雨越下越大,电闪雷鸣,她有点害怕。

天色渐晚,不能再留在这里,她打定主意后脱下上衣,盖在头顶,冲进了雨里。那时,她距离那片野麦田只有不到二十米。突然一道闪电劈了下来……

她应该是蒙了片刻,所以当那道延迟荧光出现的时候,她还以为是自己的幻觉。

只是几秒钟,却仿佛比一生还要漫长。脑海里有无数名词闪过,她仿佛回到了大四的那个清晨,晨光熹微,身体彻底醒来前,大脑已在后台飞速运行。

自旋三重态的一对激子,相互作用并湮灭后,会产生一个单态激子。单态激子迅速消失后,会产生一个光子,发生延迟荧光现象……

有一种准粒子,它的反粒子就是它本身……

那天,她从地上拾起一本书,回翻封面,是七个硕大的宋体字——"马约拉纳费米子"。

空间重新恢复了黑暗,蛇信般的闪电还在天上肆虐,但此时,这世上再没什么力量能阻止她靠近那片野麦田,靠近刚才被击中的那个点。

一根麦穗上，残留着黑色的碳痕，她用手轻轻抹净，在六角穗粒正中央，那个极小的点，仿佛是一道门，通往一个全新的时代。

拾陆

每个时代都有每个时代的"圣杯"，就如文艺复兴时代的"日心说"；启蒙运动时代的"进化论"；二十世纪之后，可能一直是"统一场论"吧。

可那些都离自己太遥远了。

罗道站在S市警局门口的台阶上，混凝土建筑的厚重感令他想到了墓碑——存在于这个时代，却书写着另一个时代的故事。上次来这里，已是二十二年前，当时他来认父亲的遗体。

踏着曾经走过的路，他找到了档案库。

"我想调这份卷宗。"

接待他的是位老警察，警局里人很少，他甚至听到了自己的回声。

妫风蛇说，禾小玉的死和那本书里的东西有关，要想证实，需要进一步的证据——演算稿，真正的演算稿。

"我没法去真实世界，需要你帮我。"这才是妫风蛇暴露自己的目的。

"没有了。"老警察复核了一圈回复道，"早被人提走了。"取而代之的是一张签收单，上面几乎褪色的墨痕画着两个字：禾苗。

那是禾小玉的父亲。

罗道没想过，自己有朝一日会为了案子，千里奔波到石棉县那么遥远的地方。飞机转火车转汽车，再转三轮、摩托，或用两条腿，边走边问……任外界多么天翻地覆，这里却仿佛被封印在琥珀里，过着千年不变的小农生活。昆域里也有模拟的"山村"，可它复刻不出真正的山民眼睛里的那种好奇、敌意或麻木。

大渡河旁的省道上，坐落着冶金厂、农产品科技公司，却都只剩下破旧的砖房。锈迹斑驳的铁门里已没了人烟，只隐隐传来野猫打架的嘶叫。

"请问禾苗家住哪里？"

有人对他摆摆手，更多人听不懂他的普通话，走出几步后盯着他的背影上下打量。

那天快结束时，终于有个中年女人为他指了指。

"禾小玉家吗？村尾，没人那间就是。"

村尾，其实很好认，那里远离所有住家，只杵着唯一一间半塌的水泥房。

废弃已久的房子就是这种样子，像建在地上的墓穴。

门形如虚设，他跨了进去。

罗道看到了禾小玉生前的房间，那些书被她父亲整齐地排在书架上，只可惜木架子已经塌掉。他拾起一本，翻了翻，禾小玉娟秀的字迹跳跃在眼前，就像人有了气息。泛黄的纸、晕染的墨、沁在书口的灰，这都是岁月的深痕，是数据包复刻不出的东西，也是昆域中人再也理解不了的东西。

他站的位置，她父亲也曾站过吧。她父亲千里迢迢取回遗物，细心放在女儿生前的房间，可是念着的人，却再也不会回来。不知不觉，泪水滑过罗道的脸颊，这种将心生生剜去的痛，二十二年前的他，同样经历过。

二十一世纪五十年代初的那场失业潮，是他这辈人永远挥之不去的童年噩梦。他父母都在深凝的无人飞梭事业部上班，那天晚上，他听见父亲的唏嘘和母亲的哭声，他躲在楼梯口，什么也不敢问。没多久，他们搬出了市中心的房子，去了浦郊，看着隔壁小孩同样怯懦的眼神，他才知道，不仅他的家，也不仅飞梭一个行业在经历剧变。清洁能源、智慧城市、航空航天……三四十年代的百花齐放，竟是真实世界凋零前的最后一抹烟火。

后来过年吃席时，有长辈慈爱地跟他说："小道，多吃点，平时吃不到的。"接着嘴碎地跟旁边的亲戚重复解释，他们家是失业工人，要多照顾。从那以后，"失业工人"的标签就从未从他家身上撕去，每被提起，犹历黥刑。后来想想，其实不过就是普通的经济起伏周期罢了，是繁荣重现前的蓄势，是产业结构调整过程中的阵痛，只是对于身处其间的人和家而言，犹如天塌。

那些年，浦郊聚了很多人，失业的、破产的、来大城市碰运气的……治安不好，谁都知道。所以过去他恨，恨为什么父亲要多管闲事，用身体去拦那小偷？

认尸的时候，母亲问凶手是谁。警察摇了摇头，说凶手没有芯片，定位不了。警察还说，许多走投无路的人堕入黑暗的第一步，就是把芯片剜掉。毕竟如果吃不饱，还要身份和信誉做什么？

那年清明，母亲带他去父亲遇害的十字路口祭奠。放下花，抬起头的瞬间，他看见一座白色的教堂岿然矗立于前。

二十一年后，他训练的AI扫描到了一份与父亲遇害现场痕检血样存在相同基因突变的生物样本，锁定了当年凶犯的子代，他做了个亲代回溯,找到了当年刺死父亲的凶手。

那人,本也是个老实的人,在自己的岗位上兢兢业业,不求出人头地,只祈岁月静好。只可惜,一道冲击骤袭,破坏了原有的平衡,湮灭了人的一生……

拾柒

它就在那里,只是从未被发现。

发现了又如何,世人理解它的存在吗?

禾小玉打开饭盒,给林俊琢看那根六角形的麦穗。

"我有可能,找到了马约拉纳费米子。"兴奋之情溢于言表,眼里是他从未见过的光。

"你在开玩笑?"

1937年,埃托雷·马约拉纳发表论文,假想有一种准粒子,它的反粒子就是它本身……一百零六年过去,虽然无数科研机构声称在实验中发现了它的踪迹,却没有一个能捕捉到它,更没人能解释这种正反物质同体却没湮灭的粒子,本质上到底是什么。

"我观察到了延迟荧光,自旋三重态……它湮灭了,它自湮灭了!"

百年来那么多伟大的科学家都没有找到的东西,禾小玉她怎么可能找到?

她看林俊琢没反应。

"你知道这意味着什么吗？明白找到马约拉纳费米子意味着什么吗？"

林俊琢看着她的眼睛，确定她是认真的。

他当然知道这意味着什么，"拓扑量子计算机。"

那是微软在二十一世纪头二十年全力研发的量子计算机。它的昆比特不是量子本身，而是两个相干的任意子之间的联结方式。不管任意子本身如何受环境噪声的干扰，只要它们的拓扑序列正常，计算结果就不会出错。

打个比方，超导量子计算机中的昆比特，就像一枚枚静置在悬崖峭壁上的鸡蛋，鸡蛋必须维持竖立的姿势才能确保计算的准确。要做到这一点，在毫无干扰的平地上尚且有困难，更何况是在崎岖不平、天气变化无常的高山悬崖之上。最关键的是，悬崖上的蛋有成千上万颗，一颗出错，满盘皆输。可拓扑量子计算机不同，它的昆比特，更像是系在两座悬崖之间的树上的粗绳子。不论日晒雨淋，不论疾风骤雨，只要绳子不断，计算就不会出错。

相较于超导量子计算机，拓扑量子计算机天然不存在退相干的问题，它有无数的优势。可所有美好的愿景都止步于，人们始终找不到一种符合非阿贝尔统计的任意子用来编织拓扑昆比特。而这种符合非阿贝尔统计的任意子，这种两棵树和它们之间的绳子的组合，就是马约拉纳费米子。

"对！它的容错率极高，几乎不受噪声影响。用这种原理造出的量子计算机，可以轻易突破一百万量子位。"

林俊琢盯着那简陋饭盒里一截奇怪的六角穗。就这？马约拉纳费米子？仿佛听见的是上天对他的嘲讽！

"那你知道《自然》杂志在二十一世纪头三十年，撤稿最多的都是些关于什么的文章吗?"

也正是马约拉纳费米子……

三十年间,无数公司和科研机构前赴后继,几十亿美元流水般倒进去,只为寻找这种能够一招定乾坤的"天使粒子"。可自三十年代开始,关于它的话题骤然沉寂。因为所有人都意识到,他们永远不可能找到一种或许根本就不存在的物质,如果再不转型去研究其他量子计算机,自己会一败涂地。

林俊琢没想到,四十年代了,还会有人再提马约拉纳费米子。

"不会真的存在这种东西,正反物质同体却不湮灭。你告诉我,哪条物理定律支持这种东西的存在。马约拉纳提出的这个概念本身,就是反物理、反自然的!"

世人无法理解。

怎么会有这种东西?他想象不出,更理解不了。

"小玉,不要把时间花费在这些虚幻的——"

"时间晶体!"她脱口而出,"如果拿时间晶体的猜想,来解释马约拉纳费米子存在的原因呢?"

她的手心满是冷汗,她的嘴唇在颤抖,她的心脏几乎要从喉咙口跳出来,因为她太清楚自己的发现到底意味着什么。

时间晶体——由诺贝尔物理学奖得主弗朗克·维尔切克于2012年提出的猜想。寻常晶体是空间呈周期性重复,也就是在其他条件不变的情况下,晶体被移动一定距离后,它的物理性质不会发生变化。而时间晶体是时间呈周期性重复。也就是说,维尔切克猜想的,是一种四维及四维以上,在时空呈周期性振荡的物质。四维的晶体,投影在三维的世界里,第1、3、5秒是"白糖",第2、4、6秒是"红糖"——马约拉纳费米子,第1、3、5秒是正物质,第2、4、6秒是反物质，正反物质不存在于同一个时空中，所以不会湮灭！

一记惊雷炸响在林俊琢的脑海中，无数模糊的幻影瞬间清晰，如断桥合拢，如大梦初醒。他惊讶地发现，这两个相隔了数十年、彼此独立的猜想，碰撞在一起，竟能完美地彼此互证！

"你有……"他听见自己的声音在颤抖，"验证过吗？"

她从挎包里取出一本厚厚的活页，摊在林俊琢眼前，里面是密密麻麻的公式。

"我从老家回来后，什么都没有做，一直在做数学验算。结果，自洽了！"

这时是2043年11月，离她遇害还剩不到四个月。

拾捌

"没有，没有……"妫风蛇一页页翻着杰克背回来的演算稿，"都不是……"

《马约拉纳费米子》那本书杰克也找到了，可孔洞里没有东西。

"能找的地方我都找了，不像能塞进去东西。你会不会猜错了？"杰克看见妫风蛇渐渐皱起的眉头，"那个什么'子'，真的那么重要？"

那天晚上，罗道坐在江边吹着江风，妫风蛇坐在"江边"吹着"江风"，江风和"江风"都开始有了夏天的味道，对岸和"对岸都慢慢升起了灯火。

"一百万量子位的计算机,对你真的那么重要吗?"

"你知道'量子霸权'吗?"

"嗯,悬铃木,2019年谷歌刚发布它的时候,对全世界宣称,实现了'量子霸权'。但据我所知,后来改口叫'量子优越性'。毕竟'霸权'这两个字,不是那么轻易担得起的。"

"之所以改口,缺的不是野心,而是时机。那个年代,量子计算机尚不足以完全碾压经典计算机,当时的量子芯片也不是通用芯片,只能解决特定的数学问题。它就像一柄未开锋的宝剑,磨出寒光前,甚至还不如棒槌。后来三十年,所有人都在磨自己的'剑',只有当你的'剑'比其他人的都锋利时,你才可能拥有'霸权',于是,这才有了现在的八家公司。可你有没有想过,如果有朝一日诞生了一柄'剑',能将其他所有'剑'化为乌有,并让这个世界再也造不出其他'剑'了呢?"

妫风蛇的话让他突然意识到,所谓一百万量子位的计算机,关键不在于造出来,而在于有人先于其他人造出来!

"如今所有的科研都是借助量子计算机在完成,所有'鸡蛋'都已经集中在一个'篮子'里。一旦有人率先突破一百万量子位的门槛,他就可以瞬间毁掉全世界其他所有的'剑',就像我攻破白教堂那么简单。这柄'剑'实现的,将不再是'量子霸权',而是'量子神权'!"

"量子神权",这才是元宇宙时代的"圣杯"。

野心从来都在,不同的是时机是否到来。

"日心说""进化论""统一场论"……哪一个瞄准的,不是那个时代的神权?

"即使找到，你也不会交给深凝，对不对？"

"为了权力，不惜将'石棺'、将整个世界置于危险之中的人，他不配得到'圣杯'。"

"可你姓妫，你生来是深凝的人。"

"我是自由的……"

"你的身体？"

妫风蛇沉默了。是啊，她那困于磁舱之中，没见过真正的山川，没踏足过真正的土地，囿于深凝地下深穴里的身体……

月亮和"月亮"都爬上了中天，星星和"星星"交辉在一起，他们再也分不清真实与虚幻的边界。

"罗道，你能……帮我个忙吗？"

他从未见过这样落寞的妫风蛇，她的眼神，令他想起初至浦郊时，邻居孩子眼里的那种怯懦和卑微。

"我想见见……我自己。"

拾玖

那个年代，没有人怀疑量子计算机一定是超导原理的，就像没有人怀疑元宇宙时代一定会到来一样。所以一个月后，当林俊琢把他电脑里的拓扑量子位元模型放在谭翼面前时，谭翼足足愣了五分钟说不出话来。

那天通宵，所有人都很疲惫，为的是在新年前把保真度提到小数点后八位，让一万五量子位的计算机具备实用价值，这样学校在批复明年经费预算的时候，手会松很多。其实林俊琢这时候已经答辩通过了，但去深凝入职前还有段假期，他想能帮一点是一点，就回了实验室。看着导师疲倦的背影，他于心不忍，毕竟一旦拓扑计算机问世，导师所做的一切，同学和自己所做的一切，都不再有任何意义，所以他把设计稿拿给谭翼看。

"你应该知道，没有马约拉纳费米子，这些都是空想。"

"如果有呢？"

"那也是空想。"

他没想到导师会说这样的话。

"为什么？"

"光量子、离子阱、拓扑、金刚石色心……俊琢，你知道为什么只有超导量子走到了今天吗？"

"光量子集成很困难，离子阱用激光控制粒子很困难，拓扑找不到马约拉纳费米子，金刚石色心——"

"都不是！"谭翼撑着膝盖艰难地站起。林俊琢想帮忙，他摆了摆手，走到办公室门口把门关上，"倒回二十年前，超导量子计算机是唯一和当时的半导体工艺接近的机种，就是和当时的工业体系磨合系数高。你知道这说明什么吗？说明产业格局不会因为量子计算时代的到来而重新洗牌，巨头还是巨头，他们仍然是世界的主宰。"

林俊琢从来没有想到过这一层。

"这是二十年前。时至今日，早已不是你能不能找到马约拉纳费米子的问题，而是超导量子这条船上，已经载了太多的人。整个产业链上下游，上亿的人被绑定在了同一条利益链上。这时候换赛道，从头开始跑，而且有你不熟悉的竞争者闯入，那船上的人怎么办？之前投入的钱怎么办？那些资本家，会眼睁睁看着上百亿美元变成沉没成本？林俊琢，这时候你还觉得，拓扑量子计算机之所以造不出来，只是受客观制约吗？"

谭翼看着呆滞的林俊琢，叹了口气，他重新打开门，似是休息好了，又可以铆足气力投入到那场只能由圈内人玩的游戏中去。走之前，他迟疑了一下，还是说道：

"俊琢啊，如果真的能找到马约拉纳费米子，那，你很聪明，却不英明。做事，聪明就够了，只可惜，我们还要做人……"

它就在那里，只是从未被发现。
发现了又如何，世人理解它的存在吗？
能接受它的存在吗？

这一个月，他们的分工很明确。禾小玉专心完善马约拉纳费米子的理论构架，争取尽快整理成论文发表。林俊琢专心补铸拓扑量子位的模型，毕竟能搜到的二十年前的文献，没有一篇真正走到制作拓扑量子位这一步。他们一直合作得很好，直到那一夜谭翼的话将林俊琢彻底浇醒。

那天，他来到禾小玉的寝室，看着埋头苦算的她，说道：

"我下周就去深凝报到了。他们给的待遇不错，我可以在学校旁买间公寓，你，来吗？"

"嗯。"

"明年就要报考博士了，你定好导师和研究计划了吗？"

"嗯。"

"放弃……马约拉纳费米子，好吗？"

"什么？！"

她终于抬起头,才注意到他反常的目光。

"你说什么?"

他再也忍不住,强压低着声音说:

"禾小玉,你到底有没有在乎过我?有没有认真考虑过我们的将来?"

林俊琢给禾小玉钱,让她去种芯片。她把钱还给他,脸上是莫名其妙的固执。他高兴地把录用邀请函给她看,她不仅没有鼓励,转身就回了老家,一声招呼不打。他忙于实验,忙于论文,她可以十天半个月对他漠不关心,问她近况,永远是"还好""和之前一样"……她从来没有对他敞开过心扉,她眼里只有她自己,何曾有过他的位置!

"你怎么了?"

林俊琢却突然匍匐在她的身边,泣不成声,"小玉,我们放弃好不好,就当你从来没有发现过它。我来挣钱,我能挣很多钱的,你再也不用过过去的苦日子,我们把你父亲接过来,跟我们一起住,我会像待我自己父亲一样待他的。我只求你,放弃掉那个该死的东西,好不好?"

世人能接受它的存在吗?

"你和你导师已经在超导量子计算上注入了太多心血,瞬间说放弃,你感情上接受不了这很正常。可这是趋势啊。你曾说过要给我未来,可到底什么是未来?这就是未来,这才是真正的未来啊。马约拉纳费米子,它就在那里,就像和氏璧的传说,卞和抱璞石,两受刖刑,三献才得明君。现在让大家换赛道,是难,但只要坚持,'美玉'终会得到承认的啊!"

代价呢?卞和受刖刑,那你呢?林俊琢满脑子只想着她。

"小玉，你有没有想过，前两任楚君，之所以不识玉，真的是因为昏庸吗？厉王和武王，事实上都是开疆拓土、心怀大志的明君，根本不是什么庸主。卞和带来的到底是不是美玉，剖开就知道了，何必不分青红皂白就对百姓用刑？"

她安静下来，想听听林俊琢到底想说什么。

"玉是什么？是王权的象征啊！厉王时代，楚君甚至还未称王。武王呢，他篡了侄子的位，内外都有强敌环伺。这种国情，允许他们去接受一枚象征了天下王权的至宝吗？可文王不同，他继承的是武王励精图治了五十年的强楚，他继位后的第一件事就是朝中原的方向迁都。为什么卞和第三次荐玉能成功，真因为他哭得够响吗？根本不是！只因文王需要一件东西，替他去向天下昭示逐鹿中原的野心！"

禾小玉怔怔望着眼前的那根六角穗。它质朴的样子，像极了华光耀世前被误解的顽石。

"卞和只看到他找到了一块至宝，却看不到，那东西到底是石还是玉根本不取决于它自己。一切，都是时与势。"

马约拉纳费米子，1、3、5秒是天使，2、4、6秒是魔鬼，对一个时代是圣杯，对另一个时代却是，毒药。

这时是2043年12月，离禾小玉遇害还剩不到三个月。

贰拾

杰克说，要有光，于是一个球形的"房间"出现在他们眼前。

声波只能反射出轮廓，却反射不出色彩，现在他们眼前的是一个没有"上色"的"磁舱"，以及正中间一个没有"上色"的"人"——真正的"妫风蛇"。

她说，活了十六年，她从未见过真正的自己。杰克起初觉得不可思议，但他现在明白了原因——她住的磁舱里没有镜子，可能，也没有光。

没见过"自己"的人，如何才能产生"我"的概念，杰克不知道。也可能，八家公司从一开始，便没有打算让大家知道。

她慢慢靠向那个人，"嗨，我叫妫风蛇。"眼里是泪光在闪动。

轮廓并不是很清晰，许多细节没有勾勒出来，但杰克依然能轻易地辨认，这不是一个正常比例的人类身体。磁舱中存在重力，可是数人的移动从来都是靠飞，长年累月，臂和腿难免出现畸变，整个人犹如一个用绒线做成四肢的玩偶。"她"的肤色和瞳孔也一定非比寻常，但现在杰克看不出来。

"'我'……美吗？"她的手指滑过自己和"她"的肌肤，第一次，视觉和触觉产生了交织。一行热泪滑了下来，语气里，盛着满满的希冀和期待。

"我想见见……我自己。"

对两栖人轻而易举的"看见"，对数人而言，却那么难——他们的世界没有光，更没有可能去把一台复刻仪偷运进地下堡垒。

唯一的方法，是借助一个真实的房间做中间媒介。

她咬破自己的手指，将里面的"触觉神经"暴露出来，去承接自己的声音在磁舱中的反射波纹。

"杰克，帮我去买市面上同型号的'触觉神经'，在你的房间里承接我的这段声音。"

接着需要一台复刻仪，在复刻出的杰克的房间和声波模拓出的杰克的房间之间，建立转换关系。这样，妫风蛇在磁舱的声波纹，就可以被转化成一个复刻的磁舱和一个复刻的妫风蛇了。

"'我'……美吗？"两天后，她问道。

她和"她"，一个具有思想，一个具有实体，到底谁才是谁的复刻？谁才是谁的真身？

"妫风蛇……"一道闪光从杰克脑海中划过，他突然想起了什么，"用一个中间媒介，去模拓出某个正常看不见的东西，以便让那个东西能够直观地成像。这个概念，你有没有觉得像那个……"

"原子探针？扫描隧显？"

妫风蛇立刻反应过来。

"扫描隧显"，全称"扫描隧道显微镜"，是用一枚原子作探针，去扫描被测物体的表面，从而将一个纳米级的系统模拓出来。

禾小玉遇害前，正是想让林俊琢帮忙借用这样一台设备。所以她的研究，那个可能导致了她死亡的研究，一定得用到扫描隧显……

"以她的性格，在被林俊琢拒绝后，一定还会找其他渠道……我们没有找到她的演算稿，没有找到书洞里藏的东西，但我们可以找她扫描隧显出的图像啊！"

"白教堂！"

"主人，我在。"

"帮我查，当年S市及其周边，所有能提供扫描隧显的——"

"找到了！"杰克话还没说完，妫风蛇兴奋地喊道。随即一张奇怪的三维图便摆在了杰克眼前。

这么快？

"我爬了2043、2044两年国内所有的扫描隧显成像图,唯有这幅,计算机识别不出到底是什么物质。"

那是一幅埃米[1]级分辨率的晶格图,软件自动填了银色。杰克对微观粒子并不熟悉,但连他也看出了这幅图的诡异之处。

"这到底是一幅图还是两幅图?"

"嘘!"妫风蛇示意他噤声。

图上的时间轴,刻度是亚皮秒[2]级。埃米作为长度单位,亚皮秒作为时间单位,这台设备不论从空间还是时间的分辨率上说,几乎是一个研究生在那个年代可以调到的最好设备。但即便如此,三维图上的那个东西,随着时间的推移,几乎是瞬间便切换得完全不同,中间根本检测不到过渡。换句话说,这个样本在时间上不连续。

"这到底是一个东西还是两个东西?"杰克忍不住又问道。

"你有本事在亚皮秒时间内,把样本台上的东西给换了?你换一个我看看?"

这显然不可能!

所以,那看上去完全不同的两种东西,唯一的可能是一种东西的两种状态。

"怎么会这样?时间不连续?"突然,妫风蛇几乎是惊叫了起来,"不对,是时间平移对称性破缺?!我知道了,马约拉纳费米子,它,它……竟然是种时间晶体!"

杰克却注意到了科学之外的东西。

"妫风蛇你看,这张三维图的时间戳。"

---

1. 晶体学、原子物理学常用长度单位,纳米的十分之一。
2. 亚皮秒是比皮秒还要小的时间尺度,而1皮秒=10^{-12}秒。

"2044/2/14 11:12？"

禾小玉死前那段时间与外界的联系极少，以至于杰克清楚地记得在2044年2月14日11:14有一通她拨出的电话——也就是看到这张图的两分钟后，禾小玉打给了林俊琢。

这说明什么？

"她在与林俊琢分享喜悦，或向他证明自己的猜想是对的！"

"可林俊琢说过，他不知道禾小玉私下在研究什么。"

林俊琢有问题！

三十年前，令他摆脱嫌疑的，是那份牢不可破的不在场证明。

"如果当时他不在桥上，那么会在哪里？"

"白教堂，重建林俊琢2044年3月22日的行动轨迹。"

瞬间，一张三十年前的S市全息地图出现在二人眼前，随着虚拟指针的旋转，林俊琢从早晨8点起的轨迹被一根蓝色的亮线标记而出。

8:45 从家中出发。

9:30 停留在禾小玉宿舍。

9:40 离开宿舍。

10:20 停留在太平桥上看风景。

11:30 离开太平桥直接回家，之后再未离开。

乍看没有问题，确如林俊琢交代的那样，但杰克却盯着10:20的节点若有所思。

"白教堂，调太平桥的照片。"

"有什么问题吗？"妫风蛇不解。

杰克用食指定位着当年监控显示出的林俊琢在桥上的位置，大拇指抵着那个位置的正下方，双指反复开阖比画……

"事发当年,这里难道没有一座升降梯吗?"

妫风蛇立刻反应过来。代表林俊琢的蓝色亮点一路来到了桥下,如果当年那里没有一座升降梯,那他必须绕个圈子从引桥上去,但显然,白教堂还原出的轨迹里,缺失了那段。

是芯片的元件故障,还是信号干扰?抑或是他根本不在桥上?要解开路径上的疑惑,就必须获得林俊琢精确的海拔数据。

"白教堂,调他10:20—11:30的海拔数据。"

信息瞬间跳出:3米(+/-10米)。

杰克却瞬间泄了气。

十米的可能误差,不管放在哪个年代,都会让前面的数据失去参考价值。

"或许,我能试着还原……"妫风蛇若有所思,她的声音在杰克听来,藏着一丝难以名状的迟疑。但妫风蛇没给杰克询问的机会,那张全息地图就突然放大,撑满了他整个眼帘。图中林俊琢的轨迹消失,取而代之的是数十个被黄光明亮标记出的建筑。

"那些是什么?"

白教堂没有回答。

此时两人已经站在了模拟出的三维城市之中,随着地图不断放大,无数"建筑物"从他们身体中穿行而过,最终他们停留在了一栋"建筑"的内部。

这个场景还原得无比逼真,不论杰克走到哪里,三十年前建筑里的细节都事无巨细地展现在他眼前,仿佛所有的墙和门都只是一层透明的油膜。

一切隐私、秘密,在高权限之下,都成了自欺欺人的笑话。只要有足够的算力和高级别的权限,白教堂也可以还原这一切。但这种权限杰克没有，妫风蛇也不可能有，不过这也防不住超级计算机的强行冲卡。在元宇宙时代，算力，就是绝对权力。但接下来发生的事，还是远远超越杰克的想象。

妫风蛇越潜越深，最后在一组大型"机柜"前停了下来。杰克认出"屋顶"之外的凸起物是"收发装置"，联想起地图上那些"建筑"的位置，他突然反应过来——这里，是芯片的"信号基站"。四个基站，就能定位一枚芯片在三维空间中的位置。

莫非妫风蛇想重建三十年前的芯片定位？

在杰克的认知中，这是不可能的。不论是现在，还是三十年前，信号的传输都按照"转译→发射→接收→转译"这样的过程进行。所有数据库，不论保密等级，记录下来的都是"3米（+/-10米）"这个转译出的结果，而不是信号传递到基站的整个过程。打个比方，三十年前，太平桥上的A举着写有"i3"的牌子，信号基站的B看错了信息，记录成了"13"。不管B将信息放在桌上还是保险柜里，也不管保险柜上了几道锁，三十年后开锁得到的信息也永远只会是"13"。因为绝不可能回到三十年前，让A重新站上太平桥，让B再仔细查看信息。起码这是杰克以为的。

但妫风蛇，却偏偏要让"林俊琢"重新走上桥头。

"理论上，四个基站可以精确定位一枚芯片的位置。之所以有'3米（+/-10米）'的误差，和很多因素有关。金属、混凝土的遮蔽，电磁、脉冲信号的干扰，还有天气，这些都是扰动因素。除此以外，信号塔、变频器、记录转译装置里某个组件的变化，也可能造成结果前后不一致。要想给林俊琢的海拔纠错，必须复原那个世界，然后，多算几次。"

接下来的五分钟，杰克眼见无数信息在面前疯狂闪过——信号塔的生产厂家、组件供应商、元件批次号、合金成分、金属矿源……基站大楼承建商、工人姓名、施工图纸、混凝土供应商、混料时间、施工天气……2044年3月22日10:20出现在太平桥的人、从太平桥到基站一路上的信号干扰源、干扰释放的时间和强度……

五分钟后，半个S市，以太平桥为圆心，暴涨般出现在杰克眼前。那是一个纤毫毕现的世界，不论杰克放大多少，他都能清晰地看到每个细节，甚至是三十年前的人都看不到的细节。杰克惊讶地望着这一切，这种程度的真实感令他难以置信，但更令他难以置信的，是妫风蛇"制造"出这个世界的熟练程度。

她不可能是第一次做这种事。

妫风蛇没有留给他太多的时间去好奇，她指着眼前的"S市"说："你只要搜索过某个信息，哪怕后来做了删除，也会在深网上留下记录，包括'删除'这个动作本身。深网，就是互联网宇宙的历史书，不同于文明的历史书，互联网的历史书有着超高的分辨率。眼前这个，就是我'考古'深网复原出的S市。大到建筑物实体，小到一个人的情绪数值，甚至能算出他女朋友那天用了哪款香水。"

"能找到禾小玉吗？"杰克脱口而出。

妫风蛇摇摇头，"她没芯片，定位不了。某种意义上，她，还有那些原人，并不属于这个世界。"

三十年前的那天天气晴朗，但三月的S市湿度较大，林俊琢的芯片是第三代，每两秒往基站发射一次联络信号，用收发的时间差乘以真空光速，就是他与基站的直线距离。四个基站，四个方程，就能得到林俊琢芯片的相对坐标。但这个世界，并非真空。

这时，整张地图上冒出无数蓝色亮点，那是成千上万枚芯片，每枚都标记着一个两栖人。与此同时，妫风蛇开启了影像识别系统。

"建筑是钉死的，拿建筑做参考系，就能知道这些人的精确坐标，我就能用这些人的坐标去纠正他们体内的芯片反馈的坐标。"

杰克看到无数数据在眼前闪过，那是算法在被不断修正，干扰在被不断剔除，最终，一个放大的三维坐标突现在两人眼前。

那个坐标，是林俊琢和他的芯片所在的坐标，那个海拔，杰克看得清清楚楚：3.23米——林俊琢他根本没有上桥。

贰拾壹

房子虽然是二手的，但干净整洁，前任房主留下的家具还没处理，虽然不多，但让房间透露出生活的气息，和学校的宿舍不一样。

情人节这天，禾小玉和林俊琢吵了一架。回宿舍后，她看到书桌上留着一把钥匙，背后的纸条上，写着这里的地址。拉开窗帘，她远远望见深凝的一角，那是林俊琢事业启程的地方。她曾搜索过这家公司的信息，知道是个新兴的科技公司，从底层一路转型，一路厮杀，如今将自己炼成了一艘巨舰，上面载着很多人的梦想，很多人的未来。她可以毁掉那些人的未来，也可以乘上巨舰，将它变成自己的未来。

白天的电话里，林俊琢说："放弃吧。深凝给了很好的条件，你可以保博，可以去深凝工作，要什么样的科研条件都可以。以你的能力完全可以在其他路上发光发热，为什么一定要盯死这一条路?"

"是啊,为什么?"

去年,禾小玉回家乡的时候,一路的闲言碎语,门后的影影绰绰,都在告诉她,即使没有芯片,她也做不回原来的禾小玉,她面带的笑,在"羊"的眼里,都变成了"狼"的炫耀和惺惺作态,直到她看到了人群深处的扭动。那里仿佛有一股弱小的力量在努力挣破禁锢的樊笼,那股力量离她越来越近,最终从人堆里冒出了一个十岁左右的小男孩。他的头发很乱,但眼睛亮如暗夜中的炬火,他把手里的书捧到她面前,指着里面的一段问:

"姐姐,老师说光在均匀介质中沿直线传播,为什么你的书里说光会拐弯?"

那是《量子力学史话》,大三那年她带回的书,只是当年在被赠予的人眼中,它远不如衣服鞋子化妆品受欢迎。

小男孩的眼中满是渴求,"羊群"中的他,是那么耀眼,正如他口中的光。

"光永远是直的,弯曲的是它所处的时空。"

窗角外,夜色深处静静伫立的深凝,犹如宇宙中巨大的引力源。引力源弯曲着时空,巨头主宰着时代。

这套房子有两个房间,空间不算小,地理位置也不错,是现在的禾小玉不敢奢望拥有的。可林俊琢说贷款的审批很顺利,深凝和他的学历都是很好的信誉背书。在许多人看来,这确实是个很好的时代,元宇宙、清洁能源、智慧城市、航空航天……所有行业都在花团锦簇地发展,学校里有着做不完的课题,而这些课题,又将在接下来的十年持续不断地去哺育市场和行业。如果父亲毕业时碰见的是波谷,那现在呈现在她眼前的,将无疑是座巨大的波峰。

为什么一定要盯死这一条路？为什么要一条路走到黑？

她想起2038年6月的高考语文卷上，有一篇文章描述了一座正在大山中建设的聚变核电站。考题问这篇文章表达了什么。

她回答，大型工程建在深山，能让视野受限的山民认识新事物。但标准答案是赞美我国在核聚变技术上的突破。

另一篇文章描述了二十一世纪初的春节民俗。考题仍然是问这篇文章表达了什么。

她回答，四十年前的民俗和现在的差异不大，说明传统民俗有着强大的生命力。但标准答案是批判世纪初的鞭炮、挂饰等节庆用品让环境承载了过大压力，并赞美芯片语言技术让人们在欢庆节日的同时，还兼顾了环保。

而数学的考卷，她甚至来不及全部答完。后来她才知道，教育改革后，更注重的是考核学生的思维方式，考查考生是否能看出出题者的意图。那些题，考生可以用任何方式去作答。

高考的卷子，只有极小部分是真正的难题，为的是筛选出一小撮真正有能力突破边界的人。那绝大部分的基础题，为的是测试普通人认同、遵守这个世界规则的能力。只是从没有人告诉她，世界的价值观和规则，早就不一样了。

后来每年新生入学时，她都会去社团招新的现场，有时扎在人堆里闲逛，有时只远远地望着。偶尔会有好奇的同学问她在找谁，她就不知该如何回答——也许是在找一个不知所措的背影，也许是在找一张迷茫窘迫的面孔。只是大学四年过去了，她始终没有找到想找的人。

或许该为自己感到庆幸吧，冥冥之中，她成了最后一批仅凭努力和智慧破墙而出的人。

所以，小男孩眼中的光，还能沿直线走多远？

贰拾贰

2074年1月31日，也就是两个多月前，妫风蛇坐在"别墅"后的"沙滩"上，手里是第二次实验的全息报告。实验的数据很完美，百分百符合她的模型预测的结果，就像现在她眼前"沙滩"上的"贝壳"，精准地按分形规则排布着，远远看去，犹如神的杰作。

这也是她的杰作，是她日夜为之奋斗的结果——一种在各个能级上晶格结构保持不变的超导材料。用这种材料去制作新的约瑟夫森结，能将导致退相干的"噪声"阻挡在昆比特之外。

她不知从哪里捡起一颗"石子"，用力扔了出去。"石子"掉向"沙滩"，却像掉入泥沼般，未溅起任何涟漪。更大块的"石头"出现在她手中，这次她将"石头"抛向高空，本该砸出一个沙坑的"石头"却在接触"贝壳"阵的刹那再次消失不见。她又换了块更大的，结果同样。于是她站起来，直接走进那片"贝壳"阵……

分形"贝壳"阵，是妫风蛇设计的晶格模型的具象化模拟。"石头"，抑或她自己，都是外部的扰动。她没有对"贝壳"阵造成任何影响，仿佛二者根本就存在于不同的时空。一种对所有干扰都"免疫"的超导材料，这正是她梦寐以求的成果，只是这完美的结果，和上一次实验报告中的不一样。

两天前，同样的"沙滩"，同样的"贝壳"序列，远远看去，犹如神的杰作。只不过神在创作这幅图时，开了个小差——距离中心点极近的地方，出现了冗余"贝壳"。这些编外的"贝壳"扰乱了能量的正常传递，以至于每团"贝壳"阵的分形中心，都有一团毫无规律的混沌序列。无序的比率虽极小，却如同湛蓝天幕上抹不去的黑色噪点，时刻提醒着你，这电脑程序模拟出的"天空"是多么的拙劣。

她停下研究，去找噪点出现的诱因，却没想到两天后，另一次本不该存在的实验的报告突兀地出现在她眼前——"噪点"消失了，而她还未做过任何修正。按这个结果，模型就是正确的，研究得继续下去。可她忘不了那个"噪点"，随着时间的推移，"噪点"愈发刺目，令她坐立难安。到底是第一次发生了错误，还是第二次优化掉了扰动？她很想知道答案。但她是囿于磁舱里的数人，仅负责理论的设计，而实验是在真实世界的实验室里，由两栖人研究员负责操作。

妫风蛇向对接人申请复议，得到的却是直截的指令：以第二次结果为准。

可她不是军人，天职不是服从。

在科研人员看来，"噪点"是珍贵的。它也许是纯粹的误差，但也可能，像宇宙微波背景辐射的发现过程一样，是以前未被发现的另一个世界，是比自己想要的结果更接近真理的真相。

真相，不该被轻易忽略。

之后的半个月，妫风蛇表面上遵守着项目的进程表，推进着下一阶段的研究——用这种新的分形超导材料去设计约瑟夫森结。暗地里，她却试图用量子计算机去窥探一场本不该染指的实验。

超净实验室、精密仪器、实验材料……制造它们所需的所有技术在妫风蛇面前都不是秘密，而制成它们的每一个组件都是工业标准化的产物。模拟这些工业时代的顶级造物，和模拟一块石头没有本质区别。接下来，便是"真实"的实验。

数字化的"材料"在数字化的"仪器"中不断输出数字化的结果，"贝壳"在"沙滩"上不断演化出繁复的阵形。偶尔是纯粹的无序，经常是在近似完美的分形阵列外出现"贝壳"，更多是当被"石子"之类的扰动因素搅动后，原本完美的阵列瞬间坍塌。可无数次尝试，无数种结果，却没有一种能复现那第二次实验的数据。

无法复现的实验结果，在学术界，约等于造假！

2074年2月20日，妫风蛇坐在"别墅"后的"沙滩"上，眺望着眼前的海天一色，蕴涵着"水汽"的"微风"抚过，最该令人心旷神怡。"沙滩"上没有人，"海滨浴场"里也没有人，这里是独属于她的小天地。

妫风蛇，她是昆域时代的第二代数人。第二代和第一代间，并没有亲子关系。他们就这么突然地出现了，和这个昆域一样。她，还有所有的数人，自出生起就接受着最优质的教育。所有的知识，都如垂在那低矮树枝上的硕果，供你随意采撷，甚至有学习辅助程序会根据你的偏好，把知识嚼烂、消化好后再喂给你。人类千年文明累积的智慧，就这么以一种极不值钱的方式被强行灌进数人的脑子。即便如此，依然有很多词汇她理解不了，比如"进化"，比如"资源"，比如"石棺"……

为什么生物需要根据环境的变化改变身体构造？为什么高纬度地区的人进化出了更大的体型、更小的表面积，只为抵御严寒？

为什么在过去的人的心里，会认为知识很珍贵，教育会不平等？为什么几十年前大城市的房子很值钱，有的人会一辈子也买不起？为什么真实世界的海滨浴场要收取门票，只为阻止太多人同时挤到一个狭小的空间?

为什么会有人担心世界不真实?世界本就是量子计算机模拟出来的,本就不"真实"。更何况,"造假"也需要动用算力,算力才是这个世界上最珍贵的东西,"假物"也有其占用的算力做价值背书。所以,她不明白为什么要多此一举地造一个叫"石棺"的东西去锚定所谓的"真实"。到底什么是"真实",什么是"虚假"?如果世界可能是假的,那他们——数人,又是什么?

从小到大,有太多太多的东西她无法理解,但这些东西就像郊游时偶尔遮住太阳的乌云,带来的是短暂的懊恼,却并不会真正影响到日常生活。

她一直是这么认为的,即使无论如何也无法还原第二次实验的结果,也没有让她动摇原本的认知。直到2074年2月20日的下午。

那天,在上千万次模拟实验都无法得出第二份报告的数据后,她决定用结果去反推。

即便是造假,也要造出一份起码不被人一眼看穿的报告,因此数据不可能全部凭空捏造。妫风蛇知道,最大的可能,是有人直接套用了某一次真实实验的数据,再将不自洽的部分人工做修改,比如,删去那些冗余"贝壳"。所以,只要将报告中的数据全部输入她的量子计算机,就能还原出实验大致的样子,然后通过巨量的假设检验,去将那个被人为修改过的参数揪出来。

三小时后,妫风蛇坐在"沙滩"上,手里有一份全息报告。报告最上端的结论是绿色的,但那里本该是一连串的红色字符,提醒她数据出现的问题。而那个绿方块,正以最简单明了的方式告诉她,报告中的结论全部正确,数据间的逻辑全部自洽。

正推失败,反推自洽?她不信,就像不信等式左右无法互换,不信1+1=3。

　　被灌输知识的时候，她曾经学到过一个词，叫"通货膨胀"。大致意思是在真实世界有种叫货币的媒介，可以换取任何商品，而代表了货币的那种纸做的价值媒介，却可能被滥发。两栖人的昆域里有种叫昆币的东西，类似货币。但昆币在数人的世界不存在，甚至货币这个概念也不存在，因为他们天然拥有一种比货币更适合承担货币职能的东西——算力。在数人的世界，算力可以交换一切，因为算力本身就是一切。

　　学到"通货膨胀"的时候，她无法理解这个词背后的含义，因为在她的认知里，算力，是无法膨胀的。

　　奶风蛇曾对杰克讲过一则故事，用来解释数人眼中那个完全由算力主宰的社会：

　　很久很久以前，一片草场上有八户牧场主，每户有两百只羊和一只牧羊犬。A牧羊犬的父母也是牧羊犬，铭刻在基因中的天赋让它面对两百只羊的时候，毫无压力。第二周，A牧场主从B牧场主手中买回两百只羊，他的羊变成四百只。在发生丢羊事件后，A牧场主将A牧羊犬送去训练，牧羊犬再回来时，技能大涨，管理四百只羊毫无压力。第三周，A牧场主从C和D牧场主手中共买回四百只羊，他的羊变成八百只。这次即使将A牧羊犬送去训练，回来后依然频频发生丢羊事件。于是主人将牧羊犬换成了电子犬。面对八百只羊，电子犬毫无压力。第四周，A牧场主从E、F、G、H牧场主手中共买回八百只羊，他的羊变成一千六百只。电子犬在放牧一千六百只羊的时候，频频发生丢羊事件，于是A牧场主买回第二条电子犬，并将一千六百只羊拆成两个羊群。第五周，因草场退化，A牧场主需要将羊群迁入新的草场。迁徙的那天，本是风和日丽，两个羊群一前一后,在两只电子犬的驱赶下井然有序地前进着,谁知到了下午,突然狂风大作,前面的羊群行进速度放缓,两个羊群混在了一起。两条电子犬为了保护自己的羊群,对入侵者大肆驱赶,结果一千六百只受惊的羊互相踩踏、四散溃逃……

羊,就是最底层的计算模块——昆比特。

犬,就是统筹昆比特工作的调度系统。

草场,就是在下一轮技术爆炸前,被限制的生产力天花板。

虽然理论上羊会繁殖,但草场的承载极限限制了羊的数量暴涨,所以从其他牧场主手中兼并更多的羊,就是这个时代数人们钻营的终极目标,但更多的羊也需要更多的犬。普通数人手中的是牧羊犬,妫风蛇手中的是电子犬。她清楚数人社会的算力极限在哪里,就像牧场主清楚电子犬的极限在哪里一样。在一个算力无法膨胀的世界,不论"真实",抑或"虚假",都只是"四百只羊和一只牧羊犬"或"八百只羊和一只电子犬"这种模块的线性叠加。线性叠加是量变,不是质变。只要羊群还在原来的草场,只要妫风蛇手中的电子犬仍是最先进的犬种,那第二份实验报告,顶多就是量变的结果,她多算几次,就一定能找出破绽。

至少在看到"1+1=3"前,她是这么以为的。

此时的"沙滩"上,已经看不见"贝壳"阵的身影,那东西对她而言,已经不再具有任何意义。

为什么明知"噪点"的存在,却仍让她继续下一步的研究?那些真实世界的人,难道不知道差之毫厘谬以千里,不知道机会成本的重要吗?

或许,他们知道。或许,这个项目组其实比她以为的要庞大很多,有大量她并不知道的存在已经被授意去追逐"噪点",去试错。

也或许，她自己，才是那个随时可被牺牲的试错模块。机会成本，是与每一种真相失之交臂的可能性，而不是她这个人，这个可有可无的卑微数人。

她静静地望向"沙滩"延伸出去的远方。"海"与"天"相接之处，有一道清晰的分界线。十六年来，她第一次意识到，蓝与蓝之间竟可以那般不同，就像真实与虚拟之间……

界线其实从来都在，只是离她的生活太远，远到它的意义在她眼中不再清晰，变得像是一个事不关己的抽象符号。十六年来，她从未想过有朝一日，自己会走到"世界的尽头"。于是她终于看懂，真实与虚拟之间那道模糊的线，其实是"海"与"天"之间的整个世间，大得足够包容个人认知中的整个宇宙。

曾有个哲人说过，羊能否发现自己是被圈养的，取决于羊自己到底能走多远。

2074年2月20日，有一只叫妫风蛇的羊，看到了围住她世界的墙。

贰拾叁

禾小玉站在2044年往回看，二十多年前，父亲大学毕业的那个时代，是一个低速运转的时代。"二战"后，技术爆炸带来的工业潜力已快挖掘殆尽，人们没有新的需求点，世界也没有突然开放的处女地市场。那个年轻、有朝气却略显木讷的父亲不具备竞争优势，只能回到山村，把自己调拨到和世界同样的低速去运转生活。后来的二十年,世界在不知不觉中渐渐加速,于是,父亲在不知不觉中渐渐掉队,连带着她也逐渐掉队。如果任其发展,她的人生,或许会和她那些儿时伙伴一样,职高毕业后就走向没有附加值的工作岗位,也或许会留在山村中,结婚生子。

但那台老台式机是一块垫脚石,让不甘的她得以爬上墙头,往外看了一眼。那之后的六年,她一直在跑,不断地跑,只为追上正常人在正常世界的正常速度。到了今天,她拥有硕士学历,有着才华横溢的男友,有着大城市两居室房子的钥匙,只要她愿意,她也将拥有F大的博士学位和耀眼的前程。这些,是六年前爬上墙头时,她所能想象的极限。可这便是终点了吗?

站在2044年眺望,未来又将是什么样的?

一年前,定硕士研究方向的时候,禾小玉想给自己挑个有前途的方向,于是问林俊琢,未来世界是什么样子。林俊琢说,你可以去查现在国内外所有高校、研究所、企业实验室的科研课题,给课题打上标签,再把标签数量和投资权重做个大数据统计,出来的标签结构,就是十到三十年后世界的样子。她照做了,于是看到了元宇宙的一枝独秀。清洁能源、智慧城市、航空航天……这些在今天人们的眼中争奇斗艳的繁花,是否都会在不久的将来慢慢凋谢,她不确定。但她看到了一枚以前从未注意过的标签,那枚标签,相较于前三者甚至更加显眼——数字神经。在这枚标签旁边,还有一枚标签更加引人注目——人造子宫!这两者都不是新生的概念,甚至二十世纪的科幻小说中就已有描述。她不理解,为何这两个沉寂多年的概念会突然脱颖而出,并将诸多看似更有经济价值的竞争项目远远甩在身后?

这时,多年前与医生的对话蓦然闯进她的脑海。

"无法消除贫穷,就消除产生贫穷的人,至少在新的世界里就是这样的吗?"

每个时代都有每个时代的"穷人",在墙另一边的主宰者眼中,"穷人"贫乏的不是金钱,而是对主宰者所营造的价值观的认同和追逐。

每个时代也都有每个时代的"新世界"。不久后,在那个"数字神经"和"人造子宫"技术日趋成熟的新世界,繁衍将不再受制于生殖周期,到那时,子代与亲代分离,养育变成了养殖,被养殖之人产出的经济效益远远高于原生之人……

那些落后于时代的原人,让他们转型,代价太大了。抛弃,是最经济的选择。

无法消除贫穷,就消除产生贫穷的人;无法消除产生贫穷的人,就创造新的人,去替代他们?

她的后背一阵发凉,她看到不远处有一堵越垒越高的墙,那堵墙撞破了"神"家里的地板。那些手捧书本,渴望知道"光为什么不沿直线传播"的孩子,届时不论踩着多厚的垫脚石,都再无可能爬上墙头,去看另一边的世界一眼。

站在2044年,站在尚不算太高的墙头上,站在巨大的引力源前,她第一次停下了疯狂追逐的脚步,开始认真思考自己渴求的到底是什么。

贰拾肆

罗道记得,从很小的时候起,老师就向孩子们灌输一个信息:这是最好的时代,你们是时代的主人,你们该为生活在这个时代而感到庆幸和自豪。

那时候的他从来不怀疑老师的话。

他出生后的十年,大概真的是人类有史以来发展得最快的十年。十年,只是人类文明的一瞬,可在自己能想到的方方面面,只要能得到量子计算机的加持,都在这"一瞬间"经历着脱胎换骨般的质变。

那些年,人口规模依然很庞大,但年轻人却少,所以只要接受过高等教育,工作并不难找。而且所谓的工作,充其量也就是在量子计算机弹出决策建议后,点击个"确认"而已。至少他父亲的工作是这样的。

为什么一定要由人类来做"确认"的判断?决策层可能有更高深的考量,但在普通老百姓看来,这更像是一面具有象征意义的旗帜——象征着这个世界还掌握在人类手中,就像皮鞭要握在奴隶主手中一样。

高薪酬、高福利、低强度、低附加值……就是那个时代大部分工作的描述标签。人类,哦不,确切地说,是大部分的普通人,就像承蒙祖荫又闭目塞听的闲适奴隶主,手里握着皮鞭,享受着供养,看不到也不曾尝试去看远方的山雨欲来,甚至直到骤变来临的前一秒,他们仍以为下一个十年也会如眼前时代这般完美。

那场悲剧开场的时候,甚至还披了一层迷惑性的粉饰外衣。那年,罗道的父母收到了一笔数额不菲的分红,这是飞梭事业部成立以来从未有过的大额分红,虽不堪大用,但着实让一家人兴奋了好久。他父亲立刻在当下新兴的元宇宙平台——昆域中买了一台"火焰车",母亲则为一家三口在昆域里的"房子"换了层琥珀屋般的魔法壁纸。

然而这从天而降的钱财除了带来欣喜,也无可避免地带来了猜度。很快,一则流言不胫而走——这钱是上一财政年没有用掉的预算。类似的情况其实并不常见,如果真实发生了,说明飞梭事业部正大规模删砍原定的投资计划,以至于资金都来不及核算回深凝的总资金池。

父亲应该是信了的。那天晚饭的时候,罗道听到父亲对母亲说,他查了这年的飞梭管道拓展图,很多原定建设的区域根本都没有动工,甚至许多临近服役期的飞梭也没有进行替换。后面父母聊了什么,他并没有关心,那时的他还太小,八点钟昆域里那场恐龙星人和骑士军团的大决战显然对他更具吸引力。

后来,父亲卖掉了"火焰车";再后来,母亲卖掉了"琥珀屋";再再后来,他躲在楼梯口,听到了父亲的叹气和母亲的哭声,什么也不敢问……

不是没想过自救。他记得,那段时间登录家庭账号,偶尔还能看见父母忘记删除的浏览记录。那里有一个个光鲜亮丽的科技公司,公司里有"公园",有"沙滩",还有真实工作场景的模拟。那次,他选择了播放上条历史记录,于是看到,一个男人站在纷繁复杂的神经网络前不知所措的样子。

这个场景似曾相识——不久前，恐龙星球的圣灵突然通过传送门现身，以小山般的巨大身躯压迫向帝国骑士团时，那些士兵脸上就有这种表情。可这个男人是他威严又伟岸的父亲，不是那些丢盔弃甲的帝国败兵。

许多年后，当他成长到和当年的父亲差不多的年纪时，再回想那日的场景，才意识到，父亲与五十年代初那些不计其数的失业者，和游戏里的帝国骑士，其实并没有本质的区别——他们出生便享受着帝国赋予的贵族身份，那闪耀的头衔时刻提醒着他们，这就是最好的时代，而他们就是时代的主人，该为生活在这个时代而感到庆幸和自豪。在被上传了统一的认知后，会有人将皮鞭送到他们手中，皮鞭上缠绕着魔法，那魔法叫"权力"，叫"荣誉"，叫"生而为人"。他们学着其他奴隶主的样子，对量子计算机挥舞着皮鞭，就像骑士鞭策着战马，并心安理得地享受着富足的生活。或许，当夜幕降临，吟游诗人的琴声从篝火中升起时，他们听到过关于恐龙星球的惊悚传说，可美酒太过香甜，琴声太过醉人，酒醒之后，他们只记得帝国勋章在火光的映衬下，竟然比天幕上的满月更加耀眼……

五十年代初那场可怕的失业潮，在刚开始的时候，并没有一下子展露出全部的"獠牙"。针对个别行业的动荡，官方的说法叫"局部优化"。那时，帝国的国王告诉骑士们，那艘星际战舰上的恐龙战士装备的武器仅仅是最原始的利爪和獠牙。骑士们相信了，因为国王的声音很真诚，如同勋章互相碰撞时的声音那样悦耳。于是他们手持钢矛，跨上战马，冲向了绞肉场。激昂的号角和惨烈的号叫混杂在一起，真实的声音并不一定会被听到，因为秉承着这是最好的时代的信念，大部分普通人将逐步逼近的动荡解读成另一次更大规模的"局部优化",而大环境马上就会好起来,毕竟勋章的光芒曾经比十五的月辉更加耀眼。

后来,号角逐渐稀疏,号叫逐渐密集,但战场依旧很远,血污溅不到每一个整装待发的骑士身上。他们胯下还有雪白的战马,他们手中还有象征着权力的皮鞭,只要恐龙星人没有出现在眼前,敌人的武器就依然只是最原始的利爪和獠牙。直到传送门划破了帝国神圣的天……

父亲,站在小山般的神经网络阵前的父亲,无助,窘迫,犹如帝国的弃兵。那个瞬间,当恐龙圣灵从传送门中慢慢显露真身,遮住太阳,遮住天空,遮住一切一切原本的认知,压顶而来时,他听到父亲心中传来什么东西碎了的声音。是"局部优化",是勋章,还是过去的荣光?

不,是命运,还有未来!

罗道不知道,这个世上有多少帝国骑士在享受的时候,思考过这荣光自何而来?又有多少帝国弃兵在溃逃时,思考过这富足的生活缘何而去?

权力,荣誉,那些生而为人被赋予的镜花水月,都只是上一段生产力飞速发展后,帝国赐予骑士的皮鞭。皮鞭上缠绕着的,是上一个时代的魔法。这魔法、这规则、这认知,在天空被下一轮生产力的利刃划破时,自然会破灭。

那时奴隶主才发现,皮鞭,在被剥离了权力与荣光后,就只是条皮革而已,不足以蔽体,不足以果腹。而自己,亦不再是奴隶主。

再后来,情势急转直下,一切快到无法想象,仿佛帝国营建了数百年,崩坏却只需一瞬间。

最开始,是大公司排山倒海地裁员,小公司接二连三地破产。赔偿金是个天文数字,为迈过这道槛,资金大规模投放进流通环节。但普通人根本不敢消费,即使利率几乎为零,他们也不断地把钱往银行里存。结果那段时间,出现了一个诡异的情形——发行机构不断地往市场投放巨额资金,资金却源源不断地往发行机构回流。于是发行机构只能灌入更大数额的资金去刺激市场,但这无异于饮鸩止渴。产业已经往昆域中转移,留下的公司越来越少,真实世界根本就没有足够的市场规模去承接如此海量的资金涌入。于是,市场上的资金看似很多,却始终落不进普通老百姓的口袋。这种无法落地的资金犹如找不到安息之处的鬼魂,不断制造着通货膨胀,不断破坏着市场秩序。而昆域呢?它使用的是独立的昆币结算体系。昆币的发行量受算力制约,是一个不可能在短时间内大规模膨胀的数字。于是真实世界的货币越来越贬值,元宇宙的昆币越来越值钱。那些头部的公司一边在辟谣,一边不断砍掉对现实世界的投资。而普通老百姓一边谩骂着那些公司,一边争相效仿他们——为了避险,不断将手中并不充裕的资金换成昆币,不断将现实世界的资产低价处理后,往昆域转移。也就是那年,罗道的父母卖掉了市中心的房子,带着他搬去了浦郊。

这一切,都发生在两年内。急转弯太快,把所有人都甩出了原来的轨道。

不是没想过反抗。天被划破后,溃逃的骑士曾掉转矛头,指向自己的国王。那段时间,父亲极富斗志,每天召集很多人去深凝的总部游行,只因国王曾对骑士们说:"这是最好的时代,而你们是时代的主人。"

出门的时候,父亲身上会捆很多彩带,彩带上有五颜六色的文字，这让他看上去很像披挂上阵的骑士。那时的罗道还太小，不懂事，他会激昂地对着父亲喊"加油"，因为他觉得这时的父亲又变得威严和伟岸，如他心中一直以来熟悉的样子。他以为，只要父亲还是过去的样子，生活便也会是。他不知道，父亲其实一直是那个父亲，但骑士的样子取决于他此时面对的是国王还是圣灵。

深凝的总部在很多年后才会变成一座三层的小楼。五十年代初的时候，在这个位置上耸立着的还是一座摩天大楼。楼很高，站在楼顶可以将杨树河对岸的F大尽收眼底。新闻说，F大里有个东西即将移交给深凝，那个东西很重要，关系到昆域的生死，也关系到深凝的生死。

"想知道八点钟那场大决战的结局吗？"

杰克问道。

那天，杰克看着妠风蛇还原林俊琢的海拔位置，意识到她不可能是第一次做这种事。

"上一次还原的是什么？"他问道。

妠风蛇没有回答，却反问他："为什么当冷案猎人？"

他叹了口气，为她讲述了恐龙星人和骑士军团的故事。

"……最后，溃败的骑士朝王宫涌去，他们想质问国王为什么欺骗他们，却看到那里正在举行一场仪式。国王穿着最精美的华服，站在王宫的广场上。他渺小的灵魂正从体内升起，而那遮天蔽日的恐龙圣灵正一点一点地靠向国王的肉身。整个王宫在传送门的映衬下，被镀上了新魔法的颜色……"

新闻说，那个关系到昆域生死的东西，将在两天后的仪式中交接给深凝。罗道永远记得，当时的父亲在看到新闻时那兴奋的眼神，仿佛有无数的火簇在瞳孔中燃烧。那个瞬间，他不再是逃命的溃兵，也不再是听命的骑士,而是燃起了复仇欲火伺机而动的困兽。

很多年后,当罗道在白色的教堂前放下第二十一束花后,他依然猜不透,是不是正是那团烈火激起了父亲心底久藏的血气,才让他在那晚的十字路口,用身体去拦那小偷?

"游戏中,仪式后,圣灵成为国王,国王拥有了圣灵……"

现实中,仪式后,深凝得到了"石棺",成为八分之一个世界的主宰。

"国王与圣灵,从此合二为一……"

世界自那天起,步入了昆域时代。

新的国王开始经营新的认知,皮鞭重新被缠绕上新的魔法,只是手握皮鞭的人,却不再是昨日的骑士。

妠风蛇问他,为什么选择成为冷案猎人?

他说,从没有一个职业能像冷案猎人那样,如此深入过往地去贴近一个又一个有血有肉的人,去看见骑士的荣光,看见困兽的挣扎,也看见时代、看见自己是如何一步一步,变成了今天的模样。

贰拾伍

气氛微妙。桌上的烛光和佳肴提醒着这是一次再普通不过的情人节约会,但白天电话中的不愉快却依然横亘在两人心头,只是谁也不知道该如何打破僵局。

"轮岗结束后,他们会让我负责'牛顿号'的神经网络搭建。"林俊琢先开口。

回应的只有碗筷碰撞的声音。

"你知道'牛顿号'吗?"

依旧只有碗筷碰撞的声音。

"小玉,你在听我说话吗?"

"嗯,我在听。很好啊,这是很核心的岗位。"

最开始的时候,深凝其实给了两个岗位供林俊琢选择,他选的是另一个,也就是和他的专业匹配度更高的量子纠错。可临到入职前,他申请做了变更,改去远离超导-拓扑之争的神经网络项目组。或许在他心底,其实是认同计算机该朝着拓扑量子的方向走,只可惜现实中的引力源太过强大,甚至偏转了光的方向。

"我很感激他们给我这样的机会。把这么重要的项目交给一个应届的毕业生,是很需要勇气的决定。"

"这是你应得的。"她知道林俊琢在国外交流的那一年,曾参加过非常重要的神经网络搭建项目工作。

"小玉,"像是有股气力在心中翻涌,他一时间没有控制好力度,勺子在瓷盘上磕出一声脆响,"从没什么是我应得的。不错,可能在读博期间我取得了一些成绩,但那光芒更多来自我导师的背书。离开了学校,离开了导师,我只是一个从零开始的普通人,这世上能力更强的人太多了。我今天得到的信任,得到的资源,没有一件是理所应当的。小玉!"他激动地抓住她的手,"看看这周遭的一切——令人羡慕的工作,富足舒适的生活……我们,难道不该感恩,不该知足吗?"

字字句句,都站在深凝的立场上,她很清楚他想说什么。

"'牛顿号'……是吗?"

"什么?"

"整个神经网络项目最终服务的那台决策机,叫'牛顿号'对吗?"

"对……"他渐渐松开握紧她的手,眼前的女孩让他捉摸不透,"'牛顿号',是那台实验机的名字。"

"如果我没记错,'牛顿号'是第二代,之前还有一代,叫'伽利略号'?"

"对……"他皱了皱眉头,这些信息他并没有告诉过她,事实上,"牛顿号"他也只提过一次。她记住了,甚至还做了深入的研究,他不知自己现在心底的感觉,到底是高兴,还是担忧。

"决策计算机,是帮人们在复杂条件下找最优解的量子计算机……俊琢,你觉得人们创造决策机,又一代代升级它的目的是什么?"

"当然是为了让计算机变得更智能,让这个世界变得更智能。"

"人类,真的想让量子计算机变得更智能吗?"

林俊琢皱起了眉头,今天这种日子,他只想聊感情,不想辩论对错。

禾小玉却自顾自继续道:"人类世界最复杂的,就是社会关系。这种复杂关系的互相影响,就像天气系统一样难以预测。但天气系统也遵守一定的规律,比如热力学定律,所以量子计算机也能捕捉到一定的社会运行规律。"

"三年前,虽然还不成熟,但'伽利略号'已经能总结出一些社会发展动向,然后相应地提供政治建议。这是个很大的进步。"

她点了点头,"它'观察'了整个S市的社会信息,并预测十年后这个城市的犯罪率会飙升,于是给出了要从政法系统中选出一位强硬派来担任下一届市长的决策。"

"在当时看来，这已经很了不起了，但和人类的决策比，还有很大差距。"

"是的。'伽利略'看到犯罪率高，就认为需要一位政法系统出身的市长来强硬镇压，这是一维的线性思维。它看不到，犯罪率之所以高，不是因为政法系统不够强大，而是因为经济疲软、就业低迷。'伽利略'不是一个合格的政治家。"

"所以'伽利略号'并没有推向市场。去年，深凝决定研发第二代决策计算机，项目组给这台实验机起的名字叫'牛顿'。相较于'伽利略'，'牛顿'站在了巨人的肩膀上，它应该看得更深、更远。比如，同样在'观察'了整个S市的社会信息后，我们希望'牛顿号'不再从政法系统推举市长，而是选择一位具有经济学背景的候选人。"

"然后呢？"

"如果一切顺利，我们会让'牛顿号'适配各行各业，让它在所有领域都能做出类似'推选一位具有经济学背景候选人'这种有深度的决策。"

"再然后呢？"烛台上的火焰跳跃着，把禾小玉的脸庞映衬得更加深邃。她盯着男友的眼睛，步步紧逼，可林俊琢的眼神在躲闪。他一定思考过这个问题，甚至已经预见到那个消极的答案，但他从未想过这个问题会从自己的女友口中问出，而且怎么听，都像是对他的审判。可错不在他啊！

"小玉，不是所有问题都非得找到一个答案。有些东西并不美，让它们在远处模糊着，难道不好吗？"

如今这世界最不需要的，就是求得答案判下对错，只因规则早就不一样了。

"答案就是——"不带丝毫怜悯地,她说出了那个他根本不想直面的未来,"决策计算机的发展,会止于第二代,没有第三代的,永远都不会有。"

原因何在,其实所有人都心知肚明。

"十年后,这个城市的犯罪率会飙升。强硬政法派的镇压,温和经济派的刺激,其实都是浅层的治标。"

更深的根源和"应该"怎么样无关,更不会允许一台量子计算机沿着单纯的逻辑线去拨乱反正。

而最深处呢,是人的欲念!它一直都在,那是天性,是从自然界带来的东西。文明数千年,人类渐渐学会如何控制它,并一层又一层地往上盖那些叫"契约精神""人伦道德"的遮羞布,只为将自己和自然界的祖先区分开。可遮羞布不是柳叶刀,只能遮盖,无法革除。他们清醒地知道被掩藏的根有多丑陋,于是那个会在大庭广众下喊出"皇帝没有穿衣服"的小男孩,根本就不会被允许出生!

这个录用邀请函,这个不会进化的神经网络,只是一个永远不会有未来的大号玩具。但它那副聪明的面孔会麻痹很多人,那些觉得只要经济繁荣、生活舒适,犯罪率就会降低的人,他们会像承蒙祖荫又闭目塞听的闲适奴隶主,手里握着皮鞭,安享供养,看不到,也不曾尝试去看人类的前路,应该去往什么方向。

"俊琢,"她叹了一口气,"我们做科研,到底是为了什么?"她看着他的眼睛,黑色的瞳仁里有烛火在摇曳,就像他们此刻的关系,"或者说,在这世上,你还渴望着什么?"

他却躲开了她的视线。窗外,透过层层的灯火阑珊,他能看见"深凝"——那闪耀在夜空中的巨大logo,正如一盏灯塔,时刻提醒着他前行的方向。

"小玉,我们的方向是应用科学,这条路上的学者更该考虑什么东西是实用的,什么东西对社会更有价值。完美、优雅、终极……那些是理论科学家追求的东西,他们就是群'朝闻道,夕死可矣',不食人间烟火的疯子。可我们不是。我们也是人,也要吃饭,也要成家,也该获得和付出相匹配的社会评价。"再回过头时,林俊琢的眼中已泛起点点泪光,"那些理想主义的东西只会让你偏离该走的路,让你离现实里成功的人生越来越远!小玉……与自己和解,接受世界的平庸,让自己,让家人更轻松地活下去,难道不好吗?"

他几乎已是在求她。

他明明清楚地看到那堵墙,却选择了视而不见,或许他认为那堵墙,还离他很远。

她看着他,看着所有人眼中耀眼的林俊琢,想起的却是山村中麻木的父亲。

每个人都有每个人的位置,摆正自己……

这个世界,总还需要有人做螺丝钉的……

曾几何时,父亲和她说过类似的话。

原来,有些东西,和贫富、和你在这世上所处的位置无关。

去岁上半年的那次回乡,由于没有合适的航班,她选择了火车,这也让她第一次看到除家乡之外的山村。

当时,火车一路劈山穿行。目及之处,都是几十米高的连绵小山。这种小土丘在中国的西部是最常见的地貌,相邻几座小土丘之间的坳里,可能就坐落着一个交通不便的山村。高速列车并不会在这些地方停留,车窗内外,是两个世界,两个时代。坐在衣冠楚楚的乘客中间往窗外眺望,她感到疏离——离乡数载,过去十几年的生活方式，已遥远得如同摆在橱窗里的纪念品。

火车一路西行，她却发现除了连绵的群山外，横跨数个省份依然相似的，还有一栋栋空置的小楼房。

那些房子，是世纪初那次波峰的遗迹。

二十一世纪初的头二十年，是高速发展的二十年。无数生长在山村的青年乘着这波浪潮走了出去，去大城市见世面，去新世界搏前程。只是个中滋味，冷暖自知罢了。但不论走得多远，那些赚了里子的人，都会不约而同地回老家赚面子。

小时候在山上玩耍，她曾见过一些残破的古碑，上面刻着古人眼中的荣光。只是二十一世纪，不时兴立碑了。那批年轻人回到乡村，会新建一栋栋两三层的小楼房，代替石碑，去彰显自己在大城市过得有多好。房建在乡村，主人却依然住在大城市，于是那些小楼房，成了一座座杵在山水之间毫无生气的水泥疙瘩。经济高速发展了二十年，人员外流了二十年，注定无人去住的房子也建了二十年。直到后来波谷来临，这风气才慢慢平息。

那代年轻人好不容易走出乡村，去世界闯荡，却把辛苦挣来的钱白白浪费在了老家根本不住人的房子上。以三四十年后的眼光看当时他们的行为，很难理解。

那林俊琢呢？那些为了第二代决策机不断投入精力、心力的人呢？他们和三四十年前打工潮中的年轻人，又有什么不同？

他们不是理论科学家，不是"朝闻道，夕死可矣"的理想主义者，可他们今天走的路，真的是在找寻更实用、对这个社会更有价值的存在吗？

"牛顿号"的下一代，是个注定不被允许出生的孩子。如果已经预见到不远处有堵无法逾越的墙，那林俊琢，还有和他走在同一条路上的人们所为之努力的,到底是真正能为人类遮风挡雨的房子,还是为了让自己和公司在人前看似成绩斐然,实则却百无一用的那块石碑?

贰拾陆

从出生,妫风蛇就被灌输"数人是最自由的人种"的认知,因为对数人而言,资源是无限的。他们不需要能源。对他们而言,空间是无限的,知识也是。深凝说,你们这样的人,在古人眼里,是"神"!人类用科技,将自己变成了一直以来所梦想成为的样子。

但罗道一直怀疑,数人能理解"神"这个概念吗?一个从诞生就知道风雨雷电产生原因的文明,如何会有"神"这个概念呢?

从小到大,她从未怀疑过深凝所灌输给她的认知,毕竟,"深凝""昆域""世界"……这几个概念早已混杂在一起,再也拆分不开。她相信那些认知,就像相信自己的生命是真实的,相信自己的存在有意义一样。她很努力,在数人中,她也是努力的,她努力成为科学家——一种尝试去突破边界的职业。

罗道也不懂,一个缺乏"神"这个概念的文明,该怎么去理解"科学"。

妫风蛇曾以为,所谓的"科学",就是按照这个宇宙,哦不,是按照深凝告知的宇宙的规则,去完成一个又一个被交予的任务。她做得很好,一直很好,所以她成了三十万量子位计算机的主人。三十万量子位的计算机,是她被告知的这个时代最高级的计算机,它是荣耀，是权力，就像电子犬，就像皮鞭。

不论"神学"还是"科学"，都是人创造出的理解和解释这个世界的法则。只不过，"解释权"和"方法论"太过高深，只能被禁锢在皮鞭之上，被掌握在奴隶主的手中。所以那个会喊出"皇帝没有穿衣服"的小男孩，永远不会被允许出生。从小到大，他的人生经历告诉他，规则可能会改变，但规则的意义从来不会变。骑士，抑或困兽，眼前都有自己该走的轨道。有时候答案并不美，所以不要执着，去顺着轨道趋利避害吧，与自己和解，承认世界的平庸，才能让自己、让家人更轻松地活下去。但那些年轻的高知不懂，还以为这世界和他们探索的宇宙一样，都有道理可以讲。

曾有个哲人说，羊能否发现自己是被圈养的，取决于它自己到底能走多远。她遵循着自己的职业目标，遵守着自己存在的意义，去努力突破边界，直到有一天，看到了不远处，有个模糊且一定不美好的答案。

还原林俊琢的海拔的时候，罗道意识到她不可能是第一次做这种事。他问她，上次还原的是什么，她没有回答，可她的情绪参数通过芯片暴露在他眼前——上一次看到这样的组合，已差不多是二十年前。

二十多年前，数人诞生在世界时，创造者说，数人是最自由的人种。那为何，她被禁止接触真实世界的实验？为什么，只能墨守理论模型的搭建？那天，生平第一次，她违反了创造者的指令，创造出一种全新的方法去强行"冲卡"。她还原了整个实验——原子级别的还原。她相信，如果实验有问题，她一定能发现。但报告上的结论是绿色的，所有数据间的逻辑都是自洽的。她的荣耀，她的权力——那台三十万量子位的计算机，找不到眼前被伪造的实验中的破绽。于是只剩下一种可能——这个世界上，存在着一台至少五十万量子位的计算机，不费吹灰之力地创造了一套全新的数理逻辑，只为伪造第二次实验的结果。在那套逻辑中，"1+1=3"。五十万量子位的计算机如此强大，那一百万量子位的呢？"神"？十六年来，故纸堆里的古人所称谓的那种模糊的存在，那个似乎无所不能，却又无任何实际作为的奇怪概念，第一次以无比清晰的姿态具象化在她眼前，只是带来的不是敬畏，而是毛骨悚然。

父亲出殡的那天，罗道缓缓跟在送行队伍的最后面，于是看到了那对为躲晦气，站在路边等队伍过去的小夫妻。他们是他家同一楼栋的邻居，上次出门的时候，女孩子大着肚子，现在回来时，她手上抱着婴儿。这就是世界，不论现状多么惨淡，旧的总会过去，新的总会到来。但那时他太小，还不懂感慨这些。只记得擦肩而过时，婴儿额上的蓝色光条。同样的蓝色光条，不久后出现在了母亲身上。后来，他看新闻才知道，那种婴儿，叫数人，那种成人，叫"触感神经受试志愿者"。但在那群吃完饭喜欢站在楼下嚼舌根的人口中，他们都被叫做"小白鼠"。罗道曾听过一种说法——而今世界上的行业结构，早在十年前的科研实验室里就已初现端倪。所以，禾小玉，可曾预见过十年后的他所经历的这一切？

许多年前，有人用科技筑造了一个牢笼，他们站在牢笼外，戴着神的面具。许多年后，所有数人成了他们的私产，一整个世界被他们篡夺。他们一直伪装得很好，以至于所有羊都相信，它们是自由的。直到2074年2月20日，一只离群的羊看到了一堵墙。这只绝望的羊慢慢靠近巨大的石墙，却发现墙其实并不如它想象得那般牢固——墙上，有一道很深的裂痕。也许，在很久很久以前，有另一只羊，曾勇敢地冲出了这道石墙裂痕。

虽说是志愿者，但深凝会给高额的营养补贴，这对经济拮据的人家来说，是个难以抗拒的诱惑。那种蓝色的光条，是触感神经的外在标记，母亲却将它种在了比较隐秘的部位。因为母亲不想让他知道，这平静无忧的生活到底是怎么得来的。那时，触感神经还在研发阶段，刺激的给予和神经元对刺激的接收之间，还没磨合到一个最理想的状态，所以需要用真实的人体，去喂养神经反射数据，对AI进行调教。这种还不成熟的AI，就像一个挥舞着电棒的稚童，志愿者收取了稚童父母的补偿，就必须用自己的痛苦，去教会"孩子"长大。刺激不会留下外伤，对身体也没有实质的伤害，所以总有人愿意当志愿者。你不做，总有别人等着吃这碗饭，毕竟除了尊严外，也没有其他害处了。只不过，再怎么想隐瞒此事，毕竟整天生活在一起，终有一天会被发现。那天，他看到了母亲背后的蓝色光条，也看到了母亲那一瞬间的情绪数值。那是慌乱，是窘迫，是纵有千言万语，却不知从何讲起的一声叹息……

那只羊去了哪里？它用的什么武器？如果找到那个武器，对准这道裂隙再冲一次，结果会怎样？

触感神经受试确实不会对身体造成器质性伤害，因为它的创伤，在精神中。经年累月的异常刺激，让母亲对这个世界的感知出现了偏差，最后，她再也品不出酸甜苦辣，也认不出他。病房里，他发现躺在母亲隔壁病床上的女孩儿似曾相识——是那个曾在他父亲出殡的日子，带着蓝色光条回家的婴儿。新闻里说过，那是第一代数人，蓝色的触感神经能强化他们对世界的感知。那个女孩，或许真的是个天才吧，她的父母曾引以为傲地说，女儿四岁便完成了小学的学业。他曾以为她能走得很远，就像官方对数人的愿景一样。但医生对他说，那个女孩很早便住在了这里，比他的母亲早很多很多。那次过后，在真实的世界里，他再也没有见到过数人。过了许多年，他听说在昆域之外，存在着另一个平行的昆域，里面的人，从未见过真正的山川，也未踏足过真正的土地。那种人长什么样，他不知道。直到有天，一个脸上闪着柴郡猫可笑表情的二代数人闯入了他的世界。那个数人调戏着他的AI，嘲笑着他简陋的加密系统，他看着她的生动活泼，脑海中，是那个手拿电棒的稚童终于长大的样子，是躺在病床上的"小白鼠"们犹如行尸走肉的样子。该庆幸吧，她的额上，没有可怕的蓝色光条。她带给他一个九昆币冷案的突破口，这个案子的嫌疑人叫林俊琢，和死者一样，都是普通人，这案子三十年前没什么社会影响，三十年后，应该也不会有……

她不在乎这个案子本身，凶手的身份就像那九昆币一样，无足轻重。她在乎的是石墙上的裂隙，和羊手中的武器。

他也不在乎这个案子本身，凶手的身份就像那九昆币一样，无足轻重。他在乎的是父亲、母亲、数人还有他自己是如何一步步走到了今天的模样。到底是谁，扼住了每个人命运的喉咙？造墙的是神，还是扮神的人？

马约拉纳费米子！

量子神权！

贰拾柒

林俊琢生来便是无瑕的美玉，一路走来，雕琢他的是技艺最精湛的玉工，衬托他的也是最华美贵气的锦盒。他活成了人们眼中精英该有的样子。不像她，诞生在泥潭中，一路和天斗，与地搏……

禾小玉知道，玉无所谓优，石无所谓劣，就像羊和狼，本无所谓善恶，它们只是生来所处的位置不同；而他们，也并不是一路人。

"俊琢，我们分……"

"小玉！"他粗暴地打断了她，如此失态的样子，她以前从未见过。

"我本想晚点再告诉你的。"他的眼睛很红，额头上也微渗着细汗，"你父亲……"

他难以启齿的样子，甚至比她刚才想要说出那句话时更甚。

"我父亲？怎么了？"

"我答应过你，要把你父亲接过来，和我们一起住，对吗？"

她记得，当时她觉得没有这必要，但并未多想，因为她以为那是林俊琢想要说服她放弃研究的托词。

难道，他真的……

"上周，我去了你家乡，见到了你父亲。"

她该欣喜吗？可一种不好的预感从她心底油然而生。

"他得了骨癌……"林俊琢低下了头，仿佛做错事的是他，"对不起。"

一路和天斗，与地搏……可又有什么意义？在现实那强大的引力源面前，光都不得不为之弯折，更何况是一块丑陋的顽石？

一周前，林俊琢去石棉的时候，发现了她父亲硬扛着不适。他做了家人该做的事，把他带去最近的县城医院做检查，却得知了那样的结果。

视频通话时,她看到了父亲憔悴的脸。那张脸看上去,比去年她回家时见到的,苍老了许多。

"我们做科研,是为了什么?"

一天前问林俊琢的话浮现在脑海里,可扪心自问,她禾小玉就有明确的答案吗?

医生说,父亲再活十年以上是有可能的,但前提是要有好的医疗支持。从小到大,从没有一个时刻像现在这样,让她觉得自己和父亲之间的羁绊是那样紧密。

视频中的父亲还是那张老实巴交的面孔,过去,她将这种安于现状和耽于平庸理解成麻木。无数次,她曾在心里埋怨过父亲,因为正是这种麻木让她输在了起跑线上,要获得林俊琢生来便已拥有的一切,她多付出的努力又何止十倍!

可每个时代都有每个时代的巨大引力源,父亲只是作为一个平凡人,在他那个时代的岔路口,做了大多数人都会做的平凡选择,在自己的能力范围内努力地活着罢了。相较之下,她除了埋怨,又何曾为父亲做过什么?

她一路策马驰骋,不断在自己认为正确的道路上试探着能够触达的极限。父亲不理解,同学不理解,连林俊琢也不再理解。未来的路,她还能走多远?会不会总有一堵墙,能将她彻底挡下?

她不种芯片,因为她知道石墙不会只有一道,她人生的无限可能不该被这道石墙框死。可那个小男孩呢?那无数个被石墙挡住,再也无法理解石墙另一边风景的人呢?他们甚至没有机会踏出她曾踏出的第一步。

科技发展得那么快,科技之箭的每一个落点上,都会竖起一堵厚厚的石墙。这个世上的墙越来越厚,越来越多,直到这个世界只剩下墙……不同物种之间存在着生殖隔离,那人与人之间,会不会有朝一日也诞生强如生殖隔离的认知隔离,将人与人彻底变成"羊"与"狼"般的不同?她知道阻止不了那一天的到来,可她曾渴望,并一直所为之努力的,就是如果有人想爬上墙头,往另一头看一眼,她能借出一个肩膀。

马约拉纳费米子、能够连接脑神经的量子计算机,就是那个希望。

至少曾经是……

她的手上是一本厚厚的教科书,书的扉页下有个长条状的洞,她把装着六角穗的塑料管填了进去,书页阖上后,封面上的七个大字"马约拉纳费米子",像极了碑文。

曾有人说,科学的真相,永远在未来。过去她不愿相信,昨天以前,她都以为,未来就握在自己手中,所渴望的,都可以靠自己的努力去实现。

可今天……

她想到了希腊神话中的伊卡洛斯——他背着用蜡和羽毛制作的翅膀,想要逃离囚困他的岛屿。他不能飞得太低,因为那样羽翼就会碰到海水,沾湿后变得沉重,他会被拽进海里;他也不能飞得太高,因为翅膀上的羽毛会因靠近太阳而烧毁。这不高不低的空间,就是你一生都该遵循的轨道,触碰边界的代价,太沉重了。

科学的真相,永远在未来。这时是2044年2月,她意识到自己没有未来。

贰拾捌

十年前,冷案猎人公会成立的时候,很多人质疑它存在的意义。毕竟那些尘封了几十年的旧案,如果受害者的亲人都已离世,这世上,还有谁会在意案件的真相!甚至,如果连嫌疑人也已经离世,一场没有受审者、没有辩护机会的审判,又何来公平、正义可言!许多人批判公会是以刑侦的名义,进行着满足猎奇心理的寻宝游戏。

看着那犹如地上墓穴的空房子时,罗道同样怀疑过。

案件包里的信息告诉他,受害人的父亲曾在2044年初被误诊为骨癌。罗道不知道,那位曾以为自己命不久矣的父亲,当年是以什么样的心情接受着女儿先一步离开的事实?

罗道曾抱着希望的。如果是误诊,那禾小玉的父亲此时只有七十几岁,有可能还活着。他期盼着踏入禾小玉家的时候,会有一位老人走出来。当老人知道三十年后还有人执着于真相,想为他女儿昭雪时,心中一定会感到一丝欣慰吧。

可是没有。

那里没有老人,没有猎人存在的意义,只有一间半塌的水泥房。

执着下去,即使找到了真凶,杰克得到了九昆币,罗道呢,又得到了什么?

"为了权力,不惜将'石棺',将整个世界置于危险之中的人,他不配得到'圣杯'。"

那一刻,他知道这个从没见过真正的山川,没踏足过真正的土地的数人,想得到自由,想冲破一堵墙。

那堵墙后,有深凝——手里握着皮鞭的新国王。国王住在城堡中,城堡是那样的坚不可摧,也离他那么的遥远。但眼前这个数人,说她要冲破城堡。

他突然发现,有生以来,他从未像今天这样,如此接近那座城堡,接近扮神的人。在妫风蛇的眼中,有与禾小玉相似的渴望,那有朝一日,她是否也会付出与禾小玉相似的代价?

他不敢想,但那一刻,他想帮她。

"但我有一点还是不太能理解。"看着妫风蛇还原海拔,杰克承认,自己被震撼到了。他深感自己被锁在牢笼之中,而他所以为的五万量子位的时代,就是锁住他以及所有普通人想象空间的牢笼。所以他愿意相信妫风蛇,就像盲人不得不相信导盲杖一样。但是,有个逻辑硬伤一直留存在他心中没有得到解释。

"初见时,你就说禾小玉可能找到了'圣杯'。可实际禾小玉的演算稿上根本没有你要的答案。那篇小论文我能理解你是从Susana那边得来的,那'圣杯'呢?是什么让你坚信,禾小玉私下研究的,就是那个什么子?"

这是他们合作的基石,是前进的大方向。

"我猜的……"

什么?

"如果猜错了,演算稿上不是马约拉纳费米子,怎么办?"

"那就是我赌输了。"

"赌输了会怎么样?"

他随口一问，以为大不了就是各自回到原来平凡的轨道，他继续为了谋生，在一些悬赏极低的案件里苟且钻营；她继续研究量子纠错，在地下的牢笼中，度过衣食无忧的一生。

"牧场主会将山羊的角磨平，让它再也撞不开栅栏；会将山羊的舌头拔掉，让它无法告诉其他羊，栅栏另一边有更肥美的草场……"

看着妫风蛇的眼神，杰克再次想到了禾小玉，但这次想到的不再是她的渴望，而是她的代价——那具躺在尸检台上，透着苍青色的躯体。

林俊琢根本没有上桥，他为什么要说谎？

或许，他只是做了所有平凡人都会做的选择。

贰拾玖

曾有人说，科学的真相，永远在未来。在不在未来禾小玉不知道，但确定的是，至少眼下，科学的真相不会在她自己手中。两年前，第一次见姜和的时候，她曾说，自己没有能力和资源去做这么大的一个课题。即使真的发表了论文，也会因为她的名不见经传而石沉大海或遭人质疑。两年后，怎么就忘了曾那么通透的道理？

三月初的那天，禾小玉抱着那本书来到F大，她没有进学校的地界，而是在飞梭站等一个人。她希望那个人能像两年前出现在咖啡厅一样，出现在飞梭站。然后她什么也不用说，只要把那本书，只要把书洞中的东西交给他。她相信他会将"璞石"剖开，里面的到底是玉还是石，终会有公理来评说。

　　她等了一整天，看着一辆辆飞梭疾驰穿行，看着站台的人络绎不绝，她从上班的时间等到了下班的时间，等到站台上再也没有第二个人……她连去了三天，却都没有等到姜和。是他根本不在S市，还是他根本不乘坐飞梭？她什么都不知道，就像面对自己的前途一样迷茫。

　　她迟疑过，要不要直接进F大去找姜和。但这无疑会节外生枝，相当于把姜和逼到了和她今天同样的境地。她更害怕的是，如果姜和直接拒绝呢？

　　等在飞梭站，是她抛给上天的一枚硬币，正面还是反面的选择，交给命运来做。

　　可三天后，命运给了她明确的答复。

　　在怀里捂了三天，书封上面已经有了些微的褶痕，但塑料管里的六角穗被保护得很好，仿佛是一个即将被遗弃，却只顾甜甜酣睡的婴儿。她看着那个亲手带来世上的"婴儿"，如何忍心，亲手将它掐死？

　　她想给这个"婴儿"，留一线生机。

　　"我答应你，不再研究马约拉纳费米子。但我的条件是保博，并由深凝提供工作机会，最重要的是，给我父亲找最好的医生，最好的医疗机构。"

　　她让林俊琢照此传达。

　　"好的，我会去说服他们。"

　　"还有一个条件。俊琢，我们必须分手。"

　　他愣住了。

"小玉,你为什么就是不懂,我所做的一切都是为你好。"

俊琢,你为什么不懂,我做的一切,也是为了你好。

"我和你再无瓜葛,我所有的成就与荣耀,都将与你无关。"

同样,我前路上所有的荆棘与苦难,也再与你无碍。

"为什么要这样?你到底把我当成了什么?"

"你是我上升的梯子,是我在看不起我的人、想看我笑话的人跟前炫耀的门面,不管你怎么想都好……"

你是一块无瑕的美玉,美玉旁伴着的该是另一块精巧圆润的美玉,而不是棱角尖利的丑陋顽石。

"这就是你不种芯片的原因吗?你不愿接受我的馈赠,不想走入我的世界,你从来只把我当成在这个让你感觉孤独的城市里聊以慰藉的临时工具,是吗?"

她从没想过要争吵这些,但如果必要……

她转身回到书桌,将那台用他的钱买来的电脑塞回他的怀里。

"我确实不愿接受你的馈赠,所以,这个还给你!"

对不起……只有这样,深凝才会相信她什么也没有留。

他难以置信地看着她,眼前的禾小玉让他感到那样陌生,仿佛过去的两年,他身边陪伴着的,是一个戴着面具的魔鬼。

"禾小玉,你所谓的科学,所谓的'天使粒子',都只是跟深凝谈判的筹码?和我一样,都只是你上升的梯子?"

在他心里,她竟变成了这样的人?但如果必要……

林俊琢看了眼禾小玉,又看了眼怀里的电脑,他将电脑扔进水池里,转身离去,再未回头。

叁拾

妫风蛇没有对杰克讲实话。

说禾小玉找到的是"圣杯",她并没有真凭实据,这不假,但得出这样的结论,她也并非完全靠猜。因为如果没有特殊的目的,一个人不可能抱着一本名叫《马约拉纳费米子》的教科书,白白等在飞梭站台三天。

三十年前,监控技术相对其他技术的发展速度而言,几乎可以说是停滞。因为在一个连喜怒哀乐都由芯片的情绪数值操控,而非人类的面部表情去表达的世界,影像不再那么重要。妫风蛇花了很大的力气,才用人脸识别技术定位到禾小玉在2044年3月的部分活动。把能找到的所有信息进行拼接后,她发现,有三天时间,禾小玉都抱着旧的教科书,似乎等着什么人。

那是F大的飞梭站,她等的人是林俊琢吗?

妫风蛇不知道。但那本书的名字,却清晰地印在她眼前——《马约拉纳费米子》。那是诞生拓扑量子计算机的必要条件,是冲破保真度这层技术天花板的武器,也是她破墙成为真正自由人的唯一希望。

仿佛抓住了救命稻草,她全身心地愿意相信禾小玉看到了"圣杯"。这是她成为自由人的希望,更是活下去的希望。

她从案件的数据包中找到了那本书,书里空空如也。她也得到了禾小玉真实的演算稿,可没有一行数据指向着她希望看到的答案。

赌输了会怎么样？

她知道自己是第二代的数人，但那浩若烟波、供你随意取阅的知识库里，却始终找不到他们的前一代数人最后都去了哪里。

或许，羊只是被磨平尖角，但她，会像第一代数人一样，悄悄被抹去吧。这世上，从此再也找不到她作为一个人存在过的一丝痕迹。

蒙昧地活着，还是清醒地死去？

当年的禾小玉，可有答案？

最近这段时间，震荡变得越来越频繁，仿佛一只在背后推动她的手，在不断地催促她找到那个答案。昆域的崩溃，和她被抹去，不知哪个会更先到来，她快没有时间了。

羊的武器，禾小玉三十年前研究的成果！她不信她真的什么都没有留下，可如果她没有将"武器"交给别人，那又藏在了哪里？

眼下只有一条线索，就是林俊琢。可茫茫人海，去哪里找他？他们翻查到了记录，在禾小玉去世一年后，林俊琢便向深凝提交了辞呈。他本来是很被看好的，进公司时被安排在了投资极大的神经网络项目组。三年后，搭载了神经网络的决策计算机逐渐成熟，被装备进了各行各业。该感谢这些科学家的聪慧头脑吧，创造出了如此优秀的量子计算机处理复杂问题，人类只需手里握着皮鞭，在决策机弹出最优解后，按下"确认"即可。那时人们都说，这是最好的时代。

妫风蛇查到了那一年项目组同事对林俊琢的评价。那时，他似乎在所有人心中，都是个德不配位、徒有虚名的颓废青年。由于他的懈怠，小组的项目进度远远低于预期。第二年他的离去，到底是主动请辞，还是被动优化，没有人知道。但信息到这里戛然而止，再之后，不论白教堂还是妫风蛇，都再也爬不出他的信息。这只有两种可能，他死了，或者……

"人堕入黑暗的第一步，就是把芯片剜掉。"多年前，曾有个警察对他这么说。

"你查过深网记录吗？"杰克问道。林俊琢是计算机专业的博士，要想藏匿一些信息，轻而易举。

"自然查过。这个世上，甚至连长得像他的人的死亡记录都没有。"

"说明他还在世上？"

"也可能，孤独地死在了某个远离现代科技的角落。"

不知为何，杰克心中升起一丝失落。他看过很多被最终定罪的人，他们的本性并不都是恶的，很多时候从天堂堕入地狱，或许只因一步踏错……更何况这是林俊琢，曾经那样意气风发的青年精英，他的才华，他的纯净，无不显示出他本该有着多么美好的前程。如果，只是如果，他在神经网络的项目组中走下去，故事的结局，会不会略有不同？

"杰克！"妫风蛇的声音打断了他的胡思乱想。她惊诧地盯着眼前飞舞的无数个数学符号。那些陌生的符号，让她想起当时还原三十年前的S市时，不断变得具象化的建筑物。

"这是什么？"

"'圣杯'！"

"什么？"杰克简直不敢相信自己的耳朵。

海量的符号和文字被留下，更多的则被剔除。时间一分一秒地过去，一行又一行的文字从无序中被提炼出来，闪着亮光飞到视界的最下方，那里，已经排列了无数的字符，逐渐呈现出的，竟是一篇论文的模样!

即便看不懂那些复杂的数字和符号,杰克也认出了文章里数个被标记出的文字:

马约拉纳费米子!

"你怎么突然找到的?"

"你提醒的我,深网,还记得吗?你说深网!"

那个藏在表网之下,无法被搜索引擎查询,但存放着互联网时代曾存在过的信息的巨大数据库——你所有的行为,都在深网中留下了痕迹,即便信息做了删除,深网也会记录下"删除"这个动作本身。得益于三十多年前存储介质领域的革命,近几十年的互联网信息被完好地保存了下来,其中就包括禾小玉当年在那台电脑上联网搜索过,却又做了删除的所有信息。

"正常人不会这样的。"妫风蛇的眼睛里有光,"你知道她都做了什么吗?那一行行的文字,都被她转成了密码,她把她的论文转成了密码,然后一行行在搜索引擎中输入,每搜完一行,她就删除这条记录。没有演算稿,没有电脑,没有云账号,在普通人看来,这篇文章就已经彻底在这个世界上消失了。但其实不然,她所有的输入和删除,都被记录在了深网里。这篇文章,"妫风蛇激动地指着那填满了视界整个空间的文章,"被她用这方法完美地藏了起来,三十年了,没有任何人发现。"

"她为什么这么做?"

"这是个漂流瓶,杰克。就像把孩子放在了竹篮里,顺流而下。她在等,等有朝一日,有人能捞起这个竹篮,然后认出篮中的孩子……"

"认出'圣杯'?"

"认出这是'圣杯',而不是'毒药';是'美玉',而不是'顽石'!"

那是一个新的时代,一个喊出"皇帝没有穿衣服"的小男孩终于被需要的时代。

"妫风蛇,你的脸……"恰在此时,妫风蛇整个人犹如接触不良的图像一样出现了大块的斑驳。

她在消失……不仅是她,她和他周围的空间,包括那篇文章,都在变得破碎、扭曲。他们跑出了"告解室",才发现整个"城市"的"建筑物"都在坍塌,而不同游戏场景的混乱交错,让整个世界仿佛失去了算法的控制,正在经历一场崩塌。

"杰……克……" 妫风蛇的声音断断续续,"去找……林俊琢……"

"你……怎么……办?"

"Z5……级震荡,超算……中心可……修……应该……没关系。"

可他眼见妫风蛇的身形渐渐失去颜色,变得透明,就像那个"她"。

"杰……克,"最后一刻她喊住他,如果不说,可能再也没有机会了,"如果我真的……回不来,记……记得……这个世上,曾……曾经有个……"

"我"字她终究没有说出口……

叁拾壹

很久很久以前,在一片遥远的土地上爆发了激烈的诸侯争霸战。土地和人口,是那个时代诸侯们争夺的主要目标。有一天,一只浑身缠满珍宝的信天翁突然出现。那个国家的武士发现了信天翁,将它献给了国王。宫中的智者说,信天翁出现的地方,地下一定埋藏着巨大的宝藏,信天翁误入其中,于是浑身被珍宝缠绕。国王相信智者的话,带着工匠来到了发现信天翁的地方。但岩石太过坚硬,天气太过恶劣,回报太过不确定。国王是理性的,他将精力重新投回了看得见人口和土地回报的绞肉场。智者也是理性的,他为国王记下信天翁飞出的地方,又将装着信天翁的牢笼,送到了屠宰场。

禾小玉……林俊琢……当年的他们都还太年轻,以为世间的一切都有道理可以讲,以为伊卡洛斯只要沿着大海和太阳之间的轨道归顺了认知,就能逃出克里特岛……却没有意识到,深凝,不是那片土地上唯一的王。在兼并战争的时代,诸侯们唯一的目标是人口和土地,而不是那深埋地下、只会分散兵力的漂亮金疙瘩。但可惜,诸侯并不会放掉一只或许会飞回洞穴,重新缠绕着珍宝,飞到看不见的远方的信天翁。

她高估了信天翁对诸侯的价值,也高估了诸侯对信天翁的宽容。

这世上,信天翁不都是善的,诸侯不都是恶的,他们只是生来的位置不同,而留下余地的代价又太高。

叁拾贰

新闻宣布震荡结束,昆域已经修复的时候,罗道正在开车前往石棉县的路上。这年头,航班不是每个礼拜都有。

全息投屏里,几个专家正襟危坐,正儿八经地分析着,昨天的太阳活动是多么前所未有的剧烈,宇宙射线是多么史无前例的高能。

这些人,和二十年前分析为什么清洁能源、智慧城市、航空航天没有投资价值的,是同一群人吧……那时,密布城市上空的管道都还很新,可他们说它们没有价值了。

飞梭事业部曾组织过家庭日活动,让员工带孩子来调度中心参观。那次,罗道见到了数百台飞梭整装待发的壮观场面。飞梭外壳上的四根磁条反射着激发大厅的光,犹如地下宫殿里埋藏千年依然透着寒光的剑脊。引导员说,磁条上涂着的特殊磁层,是S大的专利,能让飞梭在磁轨的巨大牵引力下保持姿态稳定。引导员还说,管道和飞梭,就是现在正在研发的磁舱、磁衣的原型。可仅仅两年后,他就被冲击到了浦郊。那天,他看见被废弃的飞梭一车接着一车被运到他家隔壁的露天堆场,堆场里有一台巨大的冲压机,冲击臂每次砸下,都让一辆飞梭粉身碎骨。整整一年,每天天不亮,堆场里就传出砸钢的声音,一同被砸碎的,还有他的童年,他的家……

妫风蛇说，必须找到林俊琢，但她并不知道这位嫌疑人在哪里。好在罗道还有另一个抓手——石棉县。那里有全世界独一无二的碲元素独立矿床，也是《一种具有分形晶格结构的碲基化合物》中提到的地方。自禾小玉第二次从石棉县回来后，同学们对她有了"私下里在做什么研究"的印象。所以分水岭，是她第二次回石棉。

这也是罗道第二次来石棉，不同的是，这次不是去禾小玉的家，而是去地图上那个叫大水沟的地方。只是没想到，会在那里遇见林俊琢。

"林……俊琢？"

老者惊了一下，应该很久没人叫他这个名字了，久到快忘了自己是谁，忘了为什么会来到这里。

那时，罗道放出了无人机扫描整个山谷——他抱着试试的心态，想看看会不会有什么收获。所以当白教堂的面部识别系统发出提示的时候，罗道自己都不敢相信，如果不是那个老者同样地一怔……

老者带罗道去了山脚下的小屋。小屋建在一片野麦田旁，麦田之侧有潺潺的山溪流过，此情此景，令人想到千年前的世外桃源。而此时的林俊琢，也是一副闲散山人的模样，任谁也不会将他和逍遥法外几十年的犯罪嫌疑人联系起来。

"还记得禾小玉这个名字吗？我是为了她的案子而来。"罗道本想将冷案猎人的身份通过芯片传递给林俊琢，却突然想起林没有芯片。他裸露的手臂上早已不见当年剜去芯片的伤口。那张饱经风霜的脸，已经褪尽了所有文明世界的痕迹，甚至比禾小玉更像大家所谓的原人。

罗道开门见山道:"我已经知道,三十年前,你骗过了警察。案发的时候,你真正的位置是在桥下。我想知道,禾小玉那时在哪里?"

其实这时候他还不确定,林俊琢到底在禾小玉的案子里扮演着什么角色。毕竟,在提供假口供和真正痛下杀手之间,还有很大距离。

"我是眼睁睁看着她死的。"

什么?

"三十年前,这里有座桥,禾小玉遇害的时候,林俊琢就在这里,嗯,看风景。"

他所谓的风景,竟是……

怎么可能?

"她打电话给我,那天是情人节,也是我入职深凝拿到第一笔薪水后的第一个情人节。我准备了礼物给她,却始终找不到她人在哪里。她就是这么自我,这么固执,丝毫不去考虑别人的感受。我不给她调扫描隧显,是因为我根本就不想去调,我不想她再继续那个研究。"

"马约拉纳费米子?"

"那会害了她。"

"所以,真的是马约拉纳费米子,她在研究的,真的是'天使粒子'?"

"不然呢?"

"这个研究,也会害了你?"

农历新年前的一天,林俊琢被带到一间办公室,那个人跟他说,让禾小玉停止研究,否则代价你们承受不起。所以,当她让他帮忙调扫描隧显的时候,他们大吵了一架。

"我不能告诉她真正的原因。我害怕受牵连,就逼她放弃研究。这等于告诉她我的懦弱和无能!"老者看了眼这千里迢迢寻来的年轻人,"你可能无法理解科研成果对科研人员来说意味着什么。那些藏在迷雾中,等待我们去发掘的一个个未知,就像躺在襁褓里的孩子。小玉她太要强,太固执。如果一定要做选择,她不会选我……"

原来他是这么看禾小玉的。那句"分手",在他眼里,真的就只是分手。

"我是个胆小鬼,我只能努力去说服她,用各种各样的方法,可她根本就不听。她到底为什么那么固执,是'孩子'又如何,她为什么不懂变通,为什么一定要研究马约拉纳费米子?深凝给了很好的条件,她可以保博,可以去深凝工作,要有什么样的科研条件都可以。以她的能力完全可以在其他路上发光发热,她会有其他'孩子',为什么一定要在这条路上走到底?"

林俊琢不理解,至今都不理解,就像他依然不懂,她为什么不种芯片一样。

"如果她不停下,我们会采取一些必要措施去处理她。你知道她所有的研究,我们也必须处理你,以及那些会对你的遇害提出质疑和寻找线索的人。"这是林俊琢第二次进那间办公室时,那个人对他说的话。对他的遇害提出质疑和寻找线索的人……如谭翼、师弟师妹、他的父母……"所以,要劝她,尽你一切努力,阻止她的研究。"

"她的电脑,我扔进了水池,她的演算稿,我借口整理东西的时候偷走做了销毁,她的……六角穗……"

"六角穗?"这是罗道不知道的。

林俊琢突然泣不成声,仿佛那三个字,击中了他心底某个软弱的地方。

"他们答应我的,只要小玉放弃研究,他们就放过她。保博,工作,还有给她父亲医治……那些条件,他们明明答应了的。"

"把她约出来,我们与她谈。她所有的想法和行动,都必须遵守与公司的约定。由我们确定她是否会履约——那天晚上,那个人对我这么说,你知道当时我有多高兴吗?这等于所有事情都有余地,都有进退的空间,而我终于可以放下那个一直压在我肩头的大包袱。我以为是这样的,我真的以为……"他再也忍不住,掩面恸哭。

愿意上当的人,哪怕漏洞百出,也会以千百种理由去说服自己相信。

"你带她去了哪里?深凝总部?"

"那里,当时有座桥。"

太平桥!

"我们出门吧。"林俊琢一早到了寝室门口接禾小玉。可对那将要发生的事,他真的一点怀疑也没有吗?他不知道,但本能地,一路上他不断躲避她的目光,他不想让她看到自己溢满泪水的眼眶。

"俊琢,谢谢你。"她却说。

"什么?"

"谢谢你给过我未来的感觉。"

他浑身都在颤抖,连听到的她的声音都变得模糊。

"我曾经一直觉得自己很孤独,没有人理解我,没有人愿意帮我，我的世界，冰冷而黑暗。直到那天，你打电话给我。你的声音很好听，你说'学妹你好，我叫林俊琢'。那是我第一次觉得身旁有了温度，虽然还不清晰，但我知道，未来的路，我不再是一个人在走。"

他努力地噙着泪水，他的眼前一片模糊。那时候他想，老天，请你冲出一辆车，拦住我们的去路，把我们撞翻，怎样都好，求你，求求你。

可是没有，他把车开到了太平桥，桥下有个简易房做成的咖啡馆。他按那些人告诉他的路线将车泊了过去。咖啡馆里，今天不会有其他人。

"小玉，我就不进去了，你……和他们聊。"他不敢进去，他只想待在车里，窝在保护壳里，不用面对预感，面对深凝，面对未知。也许一觉醒来，他会发现这只是一场噩梦。小玉还如初见时那样充满灵气，他们住在温馨的小房子里，一起经营着事业和未来。

"俊琢。"没来由地，她突然轻声呼唤了一声，仿佛最后想要挽留着什么……却再无言，只是将一根项链套上了他的脖颈。

"什么？"一阵冰凉感顺着脖颈滑下衣衫，他本能地问。

"未来。"她下了车，再也没有回头。她的身前，阳光藏在云朵里，朝霞漫天，正如故事开始时那样。

她为什么不种芯片？为什么不放弃研究？为什么要答应赴约？为什么最后时刻却放弃了反抗？

为什么？

"一个男人出来，把我抓进了咖啡馆。她在挣扎，她在哭。那个男人抓住我的手，用我的手去捂她的口鼻。我挣扎，可我不能哭。我不能让她听到我的声音。我捂住了自己的嘴，我不能让她发现害她的人是我。可她放弃了。她那时明明还活着,她为什么要停止挣扎,为什么要放弃反抗?那个男人已经放开了手,到最后,到最后你知道吗,我发现竟然只剩下我自己的手在用力——我杀了她,是我想杀她,是我!"

后来的故事,只留下一声叹息。

禾小玉走后,那些人去了她的寝室,想篡夺她的研究成果。为了掩盖翻找的痕迹,他们才将现场做成了入室抢劫、过失杀人的样子。他们找到了《马约拉纳费米子》那本书,可那书与市面上能找到的出版物没有任何区别,除了书中被挖出了一个洞,但洞里的东西却不见了。

那是什么,没人知道。

林俊琢醒来已是两天后,他接到了警方的电话,被告知禾小玉死在寝室里。那时他发现自己躺在家里,周围没有人。事实上,那些人,后来再也没有出现过。去见警察前,他要把那天的衣服换掉,就在这时,一个东西滑出了他的领口。那是一根黑色的细绳,底部挂着一个极小的透明瓶,瓶子里,是一粒孤独的六角穗。

"未来。"两天前,禾小玉对他说。那时,她还活着。

他亲手毁掉了他们的未来。而她父亲所谓的骨癌,后来证明只是庸医的误诊。至于时机为什么如此巧合,或许他们永远也不会得到答案。

知道这一切的时候,罗道载着林俊琢正启程回S市。这几天他忙于案子,以至于完全忽略了外界正在发生的事。

"白教堂。"

没反应。

"白教堂？"

还是没反应。罗道嗅到了一丝不对劲，他打开了车载收音机，于是昆域大崩溃的消息如雪崩般袭来。

那场最终导致了昆域1.0退出历史舞台的"震荡"，后来被历史学家命名为"4·16 Z8级大崩溃"。但在那场灾难开始的时候，所有人都以为这又是一次普通的"震荡"，以为，震级不会超过Z5级。

"如果我真的……回不来，你要记、记得……这个世上，曾、曾经有个……"他忘不了妫风蛇在他眼前消失的样子，那种想留留不住的无力感。

什么叫真的回不来！冲击臂把飞梭一点点砸脱了形，那是回不来；清明十字路口他祭奠的人，那也是回不来。妫风蛇，你还没有得到想要的"武器"，你凭什么回不来！

罗道一脚油门踩到底，一路飙向S市深凝总部。

谁都没想过，元宇宙崩溃的时候，会是这个样子。

七小时前，一次"脑神经 vs 三十五万量子位计算机"的对接实验失控，导致三天前Z5级"震荡"造成的漏洞被扩大，一系列连锁反应最终引发Z8+级大"震荡"。

Z1-Z3级，是非显性的漏洞；Z4-Z6级引起的，是昆域虚拟世界不同程度的损坏；Z7级影响后台数据存储；Z8级"震荡"威胁到的，则是数人的维生系统。

六小时前，妫风蛇从两米高的磁舱中摔了下来。她惊奇地发现，磁衣和磁舱间失去了磁耦合。她想站起来，可她的腿是软的——数人的腿部，几乎没有肌肉支撑。但好在与罗道相处的这段时间，她经常需要扮演两栖人，"落地"的次数多了点，她已经熟悉双腿着地的感觉。

她摸索到了磁舱的应急门口，这扇门，从她记事起，从来没有打开过。

外面有光，这是她第一次感受到真实世界的光。她努力适应着瞳孔扩缩的不适感，然后就看见了，磁舱外的世界，那犹如炼狱般的存在。

磁舱，如蜂窝般布满了整个空间，纵横两个方向都以难以形容的纵深往两头无限延展。满眼都是游戏里紧急状况下才会闪现的红色灯光。该跳下去，还是往上爬，她想。突然，她注意到有根轨道贴在她磁舱的外壁；四个磁舱距离外，一辆小车停在轨道上。那应该是维护车。她在自己的舱中将饲食管拔下，甩上了小车的防护栏。输氧管道已经封闭，她能感受到正一点点逼来的窒息感，再不走，会死在这里。她荡了出去，一点点爬向小车。

她应该是第一批乘电梯逃上地面的数人。后面还有源源不断的数人逃出磁舱，正被输往地面。三层小楼已经有点挤了，饶是如此，这些人，还不到地下巨笼容量的百分之一。她的腿在慢慢适应身体的重量，能支撑她扶着墙走到楼外，这样可以给后面上来的人腾点空间。这时是凌晨三点，天是黑的，她还不知道，三小时后，会有个叫太阳的东西升起，更不知道，四小时后，会有比太阳更毒辣的东西出现。

4月16日早上10点，艳阳高照。罗道和林俊琢距离深凝总部还有一小时车程。他们加氢的时候，从氢站的电视里看到了那幅惨绝人寰的景象。

无数穿着银白色磁衣的条状"人"，像蛆虫一样挤在已经快被塞爆的三层小楼里,二楼和三楼的窗子已经破了,不断有"蛆"被挤出,摔到一楼,一层叠一层,一层又一层。可饶是如此,小楼里面的"蛆"却一点不见少。他们甚至看见了血的颜色。

那些摔在地上的"蛆",犹如被撒了盐的黏虫般,在阳光的照射下缩作一团,痛苦不堪。航拍的镜头拉近,他们看到那些"蛆"的瞳孔竟都呈白色,在阳光的刺激下,和它们的主人一样无力地蜷缩着。

但这还不是最可怕的。

"那是在干什么?"林俊琢不解。他看到一些正常体型的人正掉入这片炼狱,打头的却似乎不是在帮那些"蛆"阻挡阳光,反而在他们身上抽离着什么。

"该死!那帮混蛋!"罗道瞬间反应了过来,不顾氢还没加满,就把林俊琢塞回了车里。

炽烈的阳光,太刺眼了。妫风蛇躺在地上,她用手挡住眼睛,可裸露的皮肤依然像被架在火上烤一样疼。

疼!

疼!

"啊……"凄厉的尖叫,刺鼻的血腥。

一秒前,她感觉到有人把她的手抬了起来,刹那间,手尖传来的痛感迅速蔓延到整条手臂,如有荆条在鞭挞已被撕去皮肤的肉身。

"那帮混蛋,他们在抽数人的触感神经!"

模拓"妫风蛇"的时候,罗道曾去市面上买过"触感神经",

他知道那东西有多值钱。

更多人正向这片猎场涌来。那个方向是浦郊的卫星城。五十年代初失业潮的时候,那里是鱼龙混杂的贫民窟,他的父亲死在那里;后来深凝扩建的时候,那里是建筑工人的暂住点;昆域时代来临后,那片地方彻底沦为了阳光照不进的暗角。

可他们是人啊,大家都是人啊。

一小时后,罗道的车冲进了炼狱。

地上有血。越往中心,红越浓,腥越重。

"妫风蛇?"罗道一个个翻开那些奄奄一息的数人,"着色"后,他们再也不像白蛆了。

"妫风蛇她长什么样?"林俊琢问道。

"我……我不知道……"罗道恨不得抓光自己的头发,他没有见过真正的妫风蛇。

突然像想到了什么,他发疯地跑到车里,放出了无人机——如果能定位林俊琢的脸,也一定可以定位妫风蛇的脸。可他没有妫风蛇的照片,他有复刻的"妫风蛇",却没有上色的"妫风蛇"。

他颤抖着输入程序,却看见一个还流连在猎场的人。

"你个混蛋!"罗道上去就是一拳,"他们都是人。"

"哪里像人了,明明都是蛆。一条条等着老子扒皮抽筋的肥蛆!"

林俊琢呆呆地站在旁边,望着这一切。

她为什么不种芯片?为什么不肯放弃研究?为什么造拓扑量子计算机?为什么一定要突破一百万量子位?林俊琢百思不得其解。

"研发出一百万量子位的计算机,就可以和脑神经相连接了。"

林俊琢突然恍然大悟。继而明白，她从来没有隐瞒他，她渴望的从来不是她个体的未来，她有更大的抱负，是他自己不懂。

石墙同一边，是同样的规则，同样的秩序，同样的认知，同样的利益。那另一边呢？难道会是另一种文明，另一个物种？科技发展得那样快，科技之箭的每个落点都将诞生一堵墙。墙越来越厚，越来越多，直到这个世界只剩下墙。人类成了夹缝求生的物种，没有交流，没有融合，只剩隔阂……博物馆的墙上，无数的白骨，与那拥有百分之九十以上相同基因的生物，彼此猎食，彼此灭绝。地上躺着的那些人，是石墙另一边的羊，在这边狼的眼里，却是"蛆"，可作践，可摧残，可猎杀！

"和脑神经相连，就可以打破认知的墙，打破那些所谓规则、秩序造成的隔阂。这边与那边，羊与狼，就能成为同样的人了。"

她从来都为他打开着心门，是他自己没有走进去。

"这里应该有座桥，连接的是石墙的这头和那头。桥的名字很好听，叫太平。"

两行热泪，淌在林俊琢饱经风霜的脸上。

"小玉！"

无人机发出警报的时候，罗道冲了上去，把她从人堆里挖了出来。

"帮忙啊！"罗道朝歇在一旁的警车嘶吼。警察却说，数人是八姓公司的财产，不享受现实世界的公民权益，他们出警，只是防止两栖人因分赃不均而引发命案。

"帮忙啊！"罗道又朝林俊琢嘶吼。

他一车又一车，把后座、车厢所有能塞进东西的地方都塞满了人蛆,一次又一次来回于深凝和医院,可林俊琢却跌坐在地上,一动不动。晚上罗道去喊他的时候,发现他已经没了呼吸,手里有一粒孤独的六角穗。

尾声

4·16 Z8级大崩溃,最后以四万数人的死亡和"石棺"的损毁而告终。深凝的运营权也被七家公司瓜分,犹如战国时代,终归成王败寇。后来,政府派机器人去搜救的时候,地下的惨状由于技术原因"不小心"被传到了网上,引发了真实世界的次级"震荡",只不过这波"震荡"指向的,是昆域的组织架构、法律、数人的公民身份,还有对七家公司的监管。谁也没想到,国家政权和八姓公司针锋相对了二十年都悬而未决的问题,会以这样惨烈的方式落定尘埃。再后来,失去家园的数人慢慢开始融入真实世界的生活,同时各国也达成公约,量子计算机突破八十万量子位前,禁止脑联实验。

哦,对了,那段时间社会上还流传着一则轶闻,就是姜和当年为何如此执着于那个名字——"石棺",难道他早就料到了这天的到来?不过这时,他过世已十载有余,"石棺"的命名、弃诺奖的原因,就如杨树河,就像太平桥,都已成了昨日的光,埋进了昨日的尘土,再也挖不出了……

大崩溃的三个月后,一辆车出现在大水沟的盘山路上,它没有停在废弃的碲矿前,而是一路开到了山脚。

这是七月,麦子成熟的季节,成片的野麦在风中摇曳,黄澄澄地透露着丰收的气息。

车门打开,罗道走了出来,他到后面的车厢,搀扶出一个人。

她的皮肤很白,像是从未被紫外线照射。她戴着一副墨镜,以阻挡炽烈的阳光。她的四肢长于常人,却没有多少肌肉,远远看去,就像搓出的绒线条。

"小心。"他提醒道。

刚下过雨,地上还有泥泞,她没有穿鞋,肌肤就这么碰触着泥土。微凉,微黏,这是她第一次看见真正的山川,踏足真正的土地。

腿脚渐渐适应着自然原初的崎岖,她走得很慢,一步一步,犹如蹒跚学步的孩童,但她越走越远,越走越快,最后终于跑了起来,她跑向那片野麦田,跑向属于这个时代的,盛满了"美酒"的"圣杯"……

后 记

写《卞和与玉》的时候，正好在2022年4月的上海，我被关在家，只能远程办公。工作之余，与外界交流、获取信息的途径变成了微信群和公众号，某种程度上，像极了想象中人们活在元宇宙里的样子。也是在那段时间，成长在和平年代，从小衣食无忧的自己那已经定型的认知每天都经受着不同程度的冲击。那段时间，小人物在时代潮流中漂浮不定的无力感被无限放大，某种程度上导致了《卞和与玉》整体氛围的沉重与阴郁。

个体的抗争，是我一直比较喜欢探讨的母题。我早期的作品更多在纯粹地表达逆境下的个体抗争。后来的作品，像2020年的《定风波》，2022年的《卞和与玉》，则更多以时代大环境做背景，让读者看到小人物被时代洪流裹挟，身在旋涡中也要坚决维护信仰炬火的身影。为什么选择这个方向？

可能与我自己的人生感受有关。二十世纪九十年代国企改制，二十一世纪最初十年中国加入WTO、互联网崛起、房地产狂潮，2010年后移动终端崛起，2015年后电子商务冲击传统渠道，2018年起的贸易战，2020年的疫情……所有人都被驱赶进了一张无所不在的巨网。这些我经历过或正在经历的事情，共同组成了我所生活的这个时代。自己只是最普通不过的老百姓，从来没有想过要把自己和宏观挂钩，但生活却真实地让我或主动或被动地与这个时代同呼吸。所以我想探讨，个体小人物的所求、努力、挣扎到底值几斤几两，如山还是如尘。

科幻圈，同样也是我身处的另一个宏观。近年来，国产科幻电影和电视剧热播，科幻小说改编计划以及各家征文大赛层出不穷，科幻文学看似蒸蒸日上，总感觉这个领域有爆发的迹象，却一直没有大爆。作为作者，身在其中，有担忧，也有反思。

我自认阅读面是比较广的，很多领域的书籍都会涉猎一点，但看了家里的实体书和手机里的电子书，才发现小说很少。大部分小说也是入圈四年，为了解科幻圈的评价体系，而特意去购买搜罗的。但诚实地说，喜欢的很少，不论是国内还是国外的。除了故事，除了已经不算新鲜的设定，我时常在问自己，看完这篇小说后的收获是什么？如果收获不够多，认知不够被颠覆，那为什么要读小说？

现在轮到自己写小说，我便尝试去解决自己的困惑。我到底想通过这篇小说，表达什么？自己的底蕴和内涵，到底够不够撑起小说里的整个世界？

每篇文章、每个母题，都是一次重新认识这个领域的学习契机，也是以不同角色的立场去探讨世界运行规律的历程。我认同文章本身是作者的侧写，里面有作者看过的书和走过的路。我尝试让自己在写每篇文章的过程中都有所收获，并以为，这或许也会成为读者的收获。

很荣幸《卞和与玉》能获得2022年的奇想奖、华语科幻星云奖中篇银奖，并在现在以纸质书的形式与大家见面，这是对我四年写作征程的一个肯定。当然这篇小说还有很多不够好的地方，这也是自己成长的潜在空间。我期待在阅历进一步提高，对这个世界的感悟更加通透后，能写出更经得起时间考验的作品。

东心爱

2023年7月30日

图书在版编目（CIP）数据

卞和与玉 / 东心爱著． — 成都：四川大学出版社，2024.1

（光分科幻文库）

ISBN 978-7-5690-6560-2

Ⅰ．①卞… Ⅱ．①东… Ⅲ．①幻想小说－中国－当代 Ⅳ．① I247.5

中国国家版本馆 CIP 数据核字（2024）第 025082 号

书　　名：	卞和与玉
	Bianhe yu Yu
著　　者：	东心爱
丛 书 名：	光分科幻文库
丛书主编：	杨　枫

出 版 人：	侯宏虹
总 策 划：	张宏辉
选题策划：	侯宏虹　王　冰
责任编辑：	王　冰
责任校对：	毛张琳
封面绘制：	毛　芼
装帧设计：	付　莉
责任印制：	王　炜

出版发行：	四川大学出版社有限责任公司
地　址：	成都市一环路南一段 24 号（610065）
电　话：	（028）85408311（发行部）、85400276（总编室）
电子邮箱：	scupress@vip.163.com
网　址：	https://press.scu.edu.cn
印前制作：	成都八光分文化传播有限公司
印刷装订：	四川华龙印务有限公司

成品尺寸：	145mm×210mm
印　　张：	5
字　　数：	125 千字

版　　次：	2024 年 4 月 第 1 版
印　　次：	2024 年 4 月 第 1 次印刷
定　　价：	42.00 元

本社图书如有印装质量问题，请联系发行部调换

版权所有 ◆ 侵权必究

扫码获取数字资源

四川大学出版社
微信公众号